My Name is Mina

我的名字叫米娜

〔英〕大卫·阿尔蒙德 著　　王雪纯 译

人民文学出版社
PEOPLE'S LITERATURE PUBLISHING HOUSE

著作权合同登记号　图字 01-2016-6583

MY NAME IS MINA
Copyright © 2010 David Almond
This edition arranged with Felicity Bryan Associates Ltd.
through Andrew Nurnberg Associates International Limited
This translation of **MY NAME IS MINA** is published by
Shanghai 99 Readers' Culture Co., Ltd.

图书在版编目(CIP)数据

我的名字叫米娜/(英)大卫·阿尔蒙德著；王雪
纯译.—北京:人民文学出版社,2016(2021.12 重印)
(国际安徒生奖儿童小说)
ISBN 978-7-02-011971-4

Ⅰ.①我…　Ⅱ.①大…　②王…　Ⅲ.①儿童小说-中
篇小说-英国-现代　Ⅳ.①I561.84

中国版本图书馆 CIP 数据核字(2016)第 197151 号

责任编辑　卜艳冰　汤　淼
装帧设计　汪佳诗

出版发行　人民文学出版社
社　　址　北京市朝内大街 166 号
邮政编码　100705
印　　刷　山东新华印务有限公司
经　　销　全国新华书店等
字　　数　110 千字
开　　本　890 毫米×1240 毫米　1/32
印　　张　8.25
版　　次　2017 年 8 月北京第 1 版
印　　次　2021 年 12 月第 2 次印刷
书　　号　978-7-02-011971-4
定　　价　55.00 元

如有印装质量问题,请与本社图书销售中心调换。电话:010-65233595

献给萨拉·简和芙蕾雅

月光、遐想、飞虫，以及胡言乱语

我是米娜，我喜欢夜。当世界上所有的东西都陷入了沉睡，夜晚的一切似乎都充满了可能。屋里漆黑而安静，但如果仔细听，就可以听见心脏怦怦的跳动。可以听见屋子嘎吱嘎吱的声音。可以听到隔壁房间妈妈在睡梦中温柔的呼吸。

我从被窝里溜出来，来到窗前，在桌边坐下。拉开窗帘，可以看到天空正中悬挂着一轮满月。整个世界都沐浴在银色的月光下。月光洒在福尔克纳路上，洒在远处的房子上、街道上，洒在城市的屋顶、教堂的尖顶，还有遥远的高山和沼泽上。月光也洒进卧室，洒在我的身上。

有人说，不要面对月光，不然你会发狂的。

我转头迎着月光，笑了起来。

让我发狂吧，我轻轻地说。来吧，让米娜发狂吧。

我又笑了笑。

肯定有人觉得米娜已经发狂啦！

我望着黑夜，看见猫头鹰和蝙蝠扑棱着翅膀从月亮前面飞过。黑猫"悄悄"从影子中溜走。闭上眼睛，仿佛那些动物是在我身体里移动，感觉好似我自己也是某种奇怪的动物——一个叫做米娜的女孩，但又不仅仅是一个叫做米娜的女孩。

月光下的桌台上放着一本空白的笔记本。似乎已经放在这里很久很久了。我一直说要写日记，那么就从此时此刻开始写吧。打开笔记本，我写下第一句话：

我是米娜，

我喜欢夜。

接下来还要写点什么呢？不能只是流水账似的记下发生了哪些哪些事，这样太无聊了。要让我的日记像我的思想一样流淌，就像一棵树、一头野兽，就像生命一样自由生长。为什么一本书里的字非要排列得那么整齐呢？

那些字应该自由徜徉。像猫头鹰一样飞，像蝙蝠一样扇动翅膀，像黑猫一样溜达。应该低语，应该尖叫，应该舞蹈，应该歌唱。

有时候根本不需要什么字。

只是沉默。

只是留下空白。

有些页面就像只有一只鸟儿的天空。有些像是天空有一群打着旋儿的椋鸟。一个个句子就像一窝小鸡，一堆收集，一幅图案，一群蜜蜂，一片沙洲，一幅马赛克图案。还可以是一支马戏团、一个动物园、一棵树或者一个鸟巢。因为我的思想从来没有束缚。我的思想不是一条条笔直的线，而是杂七杂八的一团。那思想是属于我的，不过和其他思想也相差不多。就像所有的思想一样，就像每一个业已存在的或即将出现的思想，那里是一个神奇的地方。

！我的思想是一个神奇的地方！

我的思想是一个

！我的思想是一个神奇的地方！

神奇的

！我的思想是一个神奇的地方！

地方

！我的思想是一个神奇的地方！

当我在学校——圣彼得中学——的时候，丝格勒瑞老师告诉我，不该不列好提纲就写东西。怎么可以这么说，太没道理！

我说一句话之前，会列提纲吗？

当然不会！

一只鸟儿开始唱歌之前，会列提纲吗？

当然不会！

它只是张开嘴，然后

唱起来，所以我也可以唱！

我确实很想成为老师们心目中所谓的乖女孩，也确实尽力了。有一天早上，天气很好，阳光透过教室的窗户洒进来。有一群飞虫在外面的空气中飞舞，在阳光下闪耀着光彩。丝格勒瑞老师要我们写一篇作文。当然，需要先列提纲，她强调。

她问我们明白了没有。

我们回答说明白了。

所以，我不再盯着那群飞虫（我可是乐在其中！），开始列提纲——作文应该有怎样的标题，应该怎样开始，中间会发生怎样的故事，最后的结局又会是怎样。我极其利落地写了下来。

我把提纲给丝格勒瑞老师看，她非常高兴。她还朝我笑了笑说："非常好，米娜。写得太好了，亲爱的。现在你可以开始写作文了。"

然而，开始写了，故事可就不会老老实实循着提纲发展。文字就像那些飞虫一样跳着舞，朝着陌生而美丽的方向飞去，将故事带往一个完全无法预料的路线。我满意极

了，但是拿给丝格勒瑞老师看的时候，她发了脾气。她一手举着提纲，一手举着作文。

"完全不一样！"她用尖厉的声音说道。

"我不明白您是什么意思，老师。"我说。

她朝我俯下身来。

"这篇作文，"她语速缓慢，声音非常滑稽，仿佛在对一个迟钝的傻瓜说话，"完全不符合提纲！"

"可是它不愿意，老师。"我答道。

"不愿意？你这说的到底是什么意思，什么叫它不愿意？"

"我的意思是说，它想做其他事情，老师。"

她双手叉腰，摇了摇头。"这是一篇作文，"她说，"是你的作文。你让它怎么样它就是怎么样。"

"可是它不会。"我说。她继续怒视着我。

"还有啊，老师，"我说，仿佛在恳求她能够理解，"我也不想让它那样，老师。"

我不该说话的。她把手里的本子摔在了我的桌子上。

"你还是老样子，"她说，"真是典型的你！"

然后她转向一个叫做萨曼莎的女孩，让她读一读自己的作文。她的作文是关于一个鬈发女孩和一个可爱小黑猫，故事经过精心策划，却愚蠢无比，根本没有一点点吸引人的地方！当然，其他孩子都在笑话我，这个外号就是这么来的。典型。真是典型的麦基。

哈！哈！典型！

我的作文像我一样，不能被控制，也无法和他人相处融洽。强迫自己做一个乖女孩，有时很让人难过。最后的结局是，有一天，我成了一个荒唐的人。荒唐至极。等时间合适，或者我知道该从何说起的时候，再讲那天都发生了什么。我想我还要讲一讲其他有关的故事，比如我在科斯林大街的故事，以及我的憧憬，或者我去西顿公园地下世界的旅途，或者还有我外公家猫头鹰的故事。我要写诗歌，要信笔涂鸦，胡言乱语。有时候，胡言乱语反而才更有意义呢！听来很荒唐对吗，但根本就不是这样！

荒唐！这个词真好！哇！

荒唐！

现在，我已动笔，看着一页页空白的纸展开在面前，我内心充满了欢喜。写东西就像是一场旅程，每写一个字，就朝着那未知的领域迈了一步。

看一看那些字是如何穿过一页页纸，将空白的页面填满的！当上帝在填满虚无的一切时会不会也是这样的感觉？上帝到底存不存在呢？这世界是不是曾经虚无？我不知道，但是这也无法阻挡我探索的渴望*。

---

* 漫步（wandering）和探索（wondering）这两个词看起来极其相似。在空间漫步，就仿佛在脑海中探索。我既在漫步，又在探索！

有时候，我望着这个世界，非常惊叹它所拥有的一切。

万事万物为何存在？

为什么一定要存在一些东西，而不是空无一物？

为什么？为什么？为什么？为什么？

在什么东西都没有之前，

这世界真的是空无一物吗？

真的是从空无一物变得有了一些东西吗？

如果空无一物变成了一些东西，

那到底是怎么发生的？

到底是为什么？为什么？为什么？为什么？

我在纸上写下我的座右铭，钉在我的床头：

为快乐而生的鸟儿，

怎能忍受在笼子里歌唱？

这句话是威廉·布莱克说的。布莱克，是个与他人格格不入、无法融入这个世界的人。和我一样，他是一名画家，也是一名诗人，有些人说他疯了——就像有的人也会说我疯了。或许他走得太远，到月亮上去了。有时候，他不穿衣服。有时候，他会看见花园里的天使。他看到精灵围绕在自己身边。我觉得他神志很清楚。妈妈也是，爸爸也是。我可以在脑海中与威廉·布莱克一起写东西。我会写下忧伤，这是当然的，因为根本无法不写忧伤。我的生命中也充满了忧伤。怎么说呢，**一件忧伤又可怕的大事**。真奇怪啊，正是忧伤才让快乐更加深刻。我不知道其他人是不是也这样想，如果感到悲伤，奇怪的是，这悲伤可以让你更加深刻地感觉到快乐。我想这就是所谓的悖论吧。

悖论！

多么奇妙的一个词啊！听起来不错，看起来不错，意思也不错哦！如果什么东西是一个悖论，那么就是自相矛盾！这个词就更有意思啦！

自相矛盾！

这才是我想要的外号，不是什么典型麦基，而是自相矛盾麦基！

当然还有，荒唐麦基。

不管怎么说，我要尝试让文字打破忧伤的牢笼，让它们快乐地歌唱。

突然，又想到**一件忧伤又可怕的大事**，我知道我写的这些都是为了爸爸。写下这一切的时候，我想象着他正望着我，读着这些文字。在这本日记里，他会无处不在。当然，他也在我的脑海里，在我的文字间，在文字中间以及文字背后的空隙里移动着。有时候，我告诉别人，他在我出生之前就去世了，但其实并不是这样，我确实还有些关于他的记忆。我会把这些记忆都写下来。我觉得他在离月

亮很远的某个地方望着我。你好吗？爸爸。是的，我觉得我现在很快乐。是的，我想妈妈现在也很快乐。晚安。

我爬回床上。那令人发狂的月亮照耀着我。最后我还是开始写日记了。明天，还要再写一些。现在，我要去试着去梦见蝙蝠、黑猫还有猫头鹰啦！

香蕉、怪物，一棵漂亮的树，以及无聊的天堂

我和妈妈一起吃了早饭。香蕉、酸奶还有配着橘子酱的吐司。真好吃！我告诉她，我开始写日记了。太好啦！她说。我还告诉她，等我准备好了，就给她看几页。太好啦！她又说。她说我们今天或许可以做一些黏土模型。太好啦！我说。然后，我走出屋门，爬到了我的那棵树上，我现在就在这里呢。

我太喜欢这棵树啦，这几年常常爬到上面去。我从树干往上爬，爬到一根比我的头高一点的树枝上。坐下来，双腿跨在树枝上，背靠着树干。有时候垂下双腿晃悠着。有时候弯起膝盖，这样就可以在膝盖上放一本书。真的很舒服，这棵树仿佛就是为我而生。我常常在这里一坐好几个小时，写写画画，或者翻翻书本，再或者遐想沉思、观察倾听、好奇探索。

现在是早春时分。不远的地方，一对乌鸫正在筑窝。

已经快完成了。肯定没错，因为有时候我会爬到更高的地方，朝下面它们的窝里看。很快就会有一天再往下看的时候，窝里有了蛋。然后小鸟儿破壳而出。再然后小鸟儿羽翼渐丰，离开暖窝，飞上蓝天，飞向远方。好奇妙，对吧？如果爬得再高一点，乌鸫就会发出警戒的叫声，好像在呼喊着："老实点！哇哇！快下来，姑娘！哇哇！"但我觉得我也没怎么给它们带来困扰，不像黑猫或者哪个陌生人对它们的打扰。或许它们觉得我也是某种古怪的鸟或某种奇异的树枝。如果我在这儿坐太久了，它们说不定还会在我身上筑窝呢！可能在我膝盖中间，在我头发里，或者如果举起双手，窝成杯子形状，它们还会在我手掌里筑窝吧。我听说有这样一个故事，叫做《圣凯文和乌鸫》。

圣人凯文和乌鸫

很久以前，爱尔兰有一位名叫凯文的圣人。有一天，他把双手伸向天空祈祷（或者说他所认为的天空），结果一只乌鸫飞下来，在他手心里下了一颗蛋。圣人凯文是个好人，他不想打破鸟蛋，也不想让它没办法孵化——而且作为圣人，他或许更觉得这颗鸟蛋是来自上帝的一份礼物。于是，他就保持那个姿势不动，过了一天又一天，一夜又一夜，双手一直伸向天空（或者他所认为的天空），直到最后那颗鸟蛋在他手心里孵化了。你可以想象一下，一只雏鸟在手心里破壳而出的感觉。想象一下，那细嫩嫩的爪子，湿乎乎的翅膀，还有吱吱吱的叫声。想象一下，它在你的照料下慢慢长大。再想象一下，它有一天振翅高飞了！

几分钟前，圣彼得中学的一些同学从街道尽头经过。他们看到我了，但不再大喊大笑了。这些天，他们只是翻着白眼，互相窃窃私语着，然后迎面朝着"牢笼"的大门走去。这就是他们所做的一切。以前他们经常喊我**巫婆或者怪物**，还大喊我是**猴子**或者**乌鸦**。去年他们以此为乐。夏天，他们扔出雏菊，大喊着："**给疯子小姐的雏菊。**"秋天，他们一边扔栗子一边大喊："**给神经小姐的栗子！**"（你想想看，肯定很有趣，我觉得。）

现在，我只是风景中的一部分，仿佛可有可无。就像一根灯柱、一棵树，或者一块石头。我不在乎，对我来说都无关紧要。我根本都不会正眼瞧它们。它们啊！哈！哈！无关紧要！

这里是福尔克纳路，一条狭窄的街道，两旁是连成排的房屋。房屋前面都有小花园，每个花园里只有一棵树，就和我所在的这棵一样。这些房屋差不多都有八十年的历史了。屋子后面还有小路和车库。顺着街道再往前去，就是克劳路，那里的房屋更大更老。我在那条路上有一所房子，或者说等我长大了就会在那儿有一所房子。那房子破旧不堪，里面住着奇怪的生物。谢谢您，外公。我抬头望向天空。谢谢您，外公。他在遗嘱里把那所房子留给了我。他是我另一个已经去世的亲人。我们都说，他和爸爸一起在天堂里。

天堂。我以前常常觉得所谓天堂的想法很傻。我以前常常想，这世界上每时每刻都有人死去。那天堂肯定早就人满为患了吧。宇宙中根本没有天堂存在的空间了。

"天堂有多大？"小时候，有一天，我问妈妈。那天，我刚看到一辆灵车拉着棺材经过街道的尽头，朝着杰斯蒙德路的大型墓地而去，爸爸就葬在那里。

"哎呀，很大很大，我觉得。"她说。

我想到世界上有那么多那么多的公墓。想到所有睡在里面的人。想到在过去很多年很多年很多年的时间里那些活过又死去的人。真的无法想象。

"一定巨大无比。"我说。

"是啊，我想是的。"她说。

后来，几个星期后，我们一起读了一本百科全书。书里说，如果你算一算大约五十年前历史上所有在这个世界生活过的人，还不及现在活着的这些人多。*

我们都惊讶得不得了。

几个小时后，我才意识到这句话的意思。

"所以也就是说，"我说，"天堂只需要和地球差不多大就可以了。"

"是啊，"她说，"我想你说得没错。"

我们笑了起来，因为，相比起宇宙来说，地球根本一点也不算大。而且就连地球也并没有饱和，还有很多空间容纳更多的躯体，就像天堂还有很多空间容纳更多的灵魂。

即便如此，这些天我也不再相信这些。种种原因，我觉得天堂这个想法很傻。人们试图去解释天堂是什么样子，但听起来那里简直非常非常非常无聊。一群人围在一起站

---

* 非常不可思议，但却是事实！现在世界上生活的人和人类历史上生活过的所有人数量相当！

着，唱着歌，吃着花蜜或者其他东西，望着上帝，赞美他，还要非常非常非常虔诚。你想一下！

哈欠哈欠哈欠哈欠！谁想要一个世纪又一个世纪都在做这些事情？像丝格勒瑞老师这样的，也许会，但我是不可能。我敢说，就连天使们也都已经受够了这样的生活。我敢说，他们也想吃香蕉、橘子酱和巧克力，也想看看其他东西，比如一群飞虫，也想爬到树上或者和猫一起玩。我敢说，他们望着我们，会非常嫉妒我们是人类。我敢说，有时候他们也想像我们一样。不过也会犹豫，因为人类会死。

不管怎样，最后我想说，我实际上根本不相信天堂的存在，也不相信存在什么完美的天使。即使有天堂的话，也只可能是我们现在所居住的世界，不过我们还没有完全意识到。我觉得，即使有天使的话，也只可能是我们自己。

这里也许就是天堂！

我们现在或许就

生活在天堂！

我们也许就是天使！

听起来很傻？不，当然不！看一看那只乌鸫，看一看它身上闪耀的阳光。看一看它闪闪发光的样子，阳光下，它那一身黑色的羽毛闪烁着银色、紫色、绿色甚至白色的光芒。听一听它的歌声。看一看它一头冲向天空的姿态。看一看嫩芽如何长成叶子。感受一下大树的强壮力量，感受一下我心跳的节奏、皮肤上的阳光和脸颊上的空气。想一想这些东西吧，比如人类的声音、太阳系、一只猫的皮毛、大海、香蕉和一只鸭嘴兽。看一看我们已经建造的这些东西：房屋、人行道、墙壁、尖塔、公路、汽车、旋律、诗歌，是的，我知道一切距离完美还有很远很远。可是完美会很无聊，完美不是重点。

！完美很**没劲**！

！完美很**空虚**！

！完美**不存在**！

看一看这个世界吧。闻一闻，尝一尝，听一听，感受感受，看一看。看一看！我知道糟糕事情的发生从来都没有充分的理由。为什么爸爸会死？饥荒、恐惧、黑暗和战争又有什么意义？我不知道！我只是一个小孩！我怎么可能知道这些问题的答案？可是这个讨厌的世界是那么那么美丽，又那么那么怪异，有时都觉得头晕！

看看

这世界，

多让人兴奋，多让人咂舌，

这个精彩的、神奇的、美丽的、

美妙的、惊艳的、绚丽的世界，

多可爱！

"米娜！"妈妈喊道，"米娜！"

"来啦，妈妈！"

可我还是没动。

迈尔斯先生的家门口停着一辆白色的面包车，就沿街停着。他死了。（又一个人死了！这应该是周围有人出生的时候了！）他叫欧尼，已经很老很老了。以前他常常站在窗前，望着外面，即便朝他微笑，朝他挥手，你都不能确定他是看到了你，还是他在想着做梦梦见了你。我有时候很好奇他脑子里都在想些什么。他是和其他人看到了同样的东西，还是看到了不一样的东西？是不是根本什么也看不见？这个世界，这个世界里面的我还有其他所有人，是不是都像一个梦？说到这里，我们任何一个人是不是可以看到另一个人所看到的？或许我们都生活在一个个奇怪的梦境中。即便如此，我们自己也并不知道。

以前，我经常看到有一个医生去他家。这个医生面色悲惨、灰白，来的时候开一辆看起来同样悲惨、灰白的车。有一天他看到了坐在树上的我。我朝他挥手，可他只是皱了皱眉，似乎心里想着，坐在树上真是这广阔的世界上最愚蠢的事情了。很显然，像他这样的人对我这样的人微笑打招呼实在是太难了。哈！我才不会请他当我的医生。他看着你，就能让你感觉自己已经痊愈了。反正，肯定不是什么高明的医生。迈尔斯先生死了，死了一星期后才被发现，躺在厨房的桌子下面。可怜的人。他有个女儿，不过我觉得她压根就没有照顾过他。她现在就在那屋子里面呢，正把迈尔斯先生的东西搬到面包车上。她也是愁眉苦脸。她一直是这样，即便是欧尼还活着的时候。或许她心想他要是在哪里藏了金子就好了，而不是现在在这儿搬着的老台灯、破毯子、烂椅子。妈妈说，那个地方到处都是东西，阁楼里堆得满满的，屋子后面破烂的车库里也堆得满满的。

瞧瞧她。这个"忧郁鬼"。他至少一直活到老！看着自己的爸爸一天天老去，却一点也不关心！

那个愁眉苦脸的女人将迈尔斯先生的房子出售了。真不知道谁会买。

"米娜！"

"来啦，妈妈！"

"米娜！"

听听，她的声音真可爱。我的妈妈又在喊我了。

"米娜！"

呀！

"来啦，妈妈！"

恐龙、法国吐司，以及地下世界的旅程

今天，我们大部分时间都在餐桌上捏动物。我先捏了一条虫子，然后是一条蛇，再然后是一只兔子、一只猫、一条狗、一头奶牛、一匹马，还有河马。我还做了一个有翅膀和爪子的动物，是我想象出来的。我捏了一个小婴儿，在手心里晃动着，给它唱摇篮曲。最后，我把所有的黏土都团到一起，重新开始捏，捏了一只始祖鸟。

始祖鸟其实是只恐龙，有着翅膀和羽毛的恐龙。它会飞，虽然可能不像现在的鸟儿飞得那么好。它瘦骨嶙峋，或许刚刚笨拙地急速飞行了一会儿。但并没有灭绝。它是唯一生存下来的恐龙，是现在世界上所有鸟类的始祖。在我头顶树上筑窝的乌鸫，就是它的后代！

伦敦自然历史博物馆里有始祖鸟化石。妈妈说过，等她有点儿时间、有点儿闲钱的时候，我们会去那里参观。

她望着在捏黏土的我，面带微笑。

"始祖鸟，"她说，"这个词是不是很有意思？"

"是的。"

始祖鸟！始—祖—鸟。

始祖鸟！

　　我喜欢将手指伸进黏土里，揉、捏、掰、拍、滚、压。我喜欢用水把它弄光滑。我喜欢看着它在皮肤上变成干干的硬皮，喜欢握起拳头时硬皮裂开的样子，还有它变成粉末的样子。我喜欢它在烤炉里变干的样子。我们买不起专门的干燥炉，所以做出的东西就随着长条面包、焙盘、比萨和咖喱一起进了烤炉，从没有烤得精致过，上釉也差强人意。不过这都不算什么。我们依然觉得这些东西很美。我们在上面绘上图案，放到身边的书架上。有时候我们还给彼此做模型。妈妈还做了一个爸爸的小模型——当然看起来一点也不像，至少对比他的照片的时候不像，但不知怎么，这个小模型似乎比那些照片更像他。*

玩黏土的时候，我想起小时候的某一天（现在像这样写东西真有趣，我会一直想到小时候是什么样子），那时候还在上学。当时有一节艺术课，我完完全全陷入其中。汤姆金森老师课上用的是橡皮泥，我捏了一个小人儿。我让它沿着我的课桌走。我以为没人会看我，就把它拿起来，对着它的耳朵低声说话。

"活过来吧！"我说道，"活过来吧！"

我非常努力地集中所有注意力，试图让它活过来。

有个男孩坐我同桌（约瑟夫·西姆？记不清了。我非常努力地想把这一切都从脑海中拉回来）。我发现他在看我。我也盯着他，就好像在问："你看什么？"他摇摇头，仿佛觉得我疯了。我伸出一根手指指着他，然后一边摇晃着手指一边转动着眼珠，就好像在给他施咒。

---

* 这让我想到，为什么有些人会说，"现代"艺术不会有多好，因为它根本不像世界上的任何东西。不过，或许它并不想要看起来像这个世界。或许它在努力去像这个世界。再或者要去做一种不可能的事情——看起来像是这个世界上的什么东西，但是这个东西我们根本就看不见。

"报告，老师！"他喊道，"米娜·麦基又变得古里古怪了！"

古里古怪！哈！哈！

玩完黏土之后，我们洗了洗手，吃了放了肉桂的法国吐司。

真的真的太好吃了！妈妈真是一个大厨！我们出去散了一会儿步。我给妈妈讲了乌鸫的窝还有迈尔斯先生的女儿。经过迈尔斯先生家的时候，我们看到他的房子又脏又黑。

"真不知道谁会买。"我说。

"不怕把手弄得脏兮兮的人，"她说，"还有可以想象它打扫完之后样子的人。"

我们朝着西顿公园走去。没走多久，我们经过地下世界的入口。我的内心在颤抖，我一定是哆嗦或者抽搐了，或者做出了其他什么行为，因为妈妈停了下来。

"怎么了，米娜？"她问道。

那紧锁着的铁闸门就在她身后。

"没事，妈妈。"我说。

"真没事？"

"是的，妈妈。"

我不知道是不是该告诉她那天我独自一人穿过铁闸门后所发生的故事。最后还是没有告诉她。想到这里，我是有那么几件事情没有告诉她。很多小孩子都是这样吧，我想。有时候，某些事情最好只是留在自己心里，因为我不想让她担心。有时候，这些事情解释起来太古里古怪了。有时候，我只是不知道该如何说出口。无所谓了。我想她也很清楚关于我，她有很多不知道的事情。不过都没有关系。想要理解一个人，也不一定要知道她所有的事情。

她微笑着抱了抱我。

"真是个怪丫头。"她说。我们继续往前走。

"我知道。"我说。

我要为她写下地下世界的故事，或许还会让她读一读。不知为什么，总觉得写下来的文字更有意义。

夜。即便在夜晚，这个城市依然嘈杂喧闹。环绕城市中心的高速公路上，车流嗡嗡作响。还有那些从来不能休息的机器和引擎。就连呼吸声、打鼾声和低语声也是这喧闹的一部分。还有管道里的流水声，电流的嗡嗡声，那些睡不着的人家里电视的播放声，狗吠声，猫吼声。通常还有猫头鹰飞过克劳路和西顿公园的鸣叫声。你好啊！猫头鹰。嘟！嘟！我想学着猫头鹰一样嘟嘟叫，但是一点也不像。

我想把地下世界的故事用第一人称写下来："我做了这件事，我做了那件事。"但不知怎么，似乎用第三人称写更好："米娜做了这件事，米娜做了那件事。"我在月光下，在猫头鹰的叫声中，把这个故事写了下来。

米娜在地下世界

　　她才九岁。她很瘦，很矮，有一头乌黑的头发、一张苍白的脸和一对明亮的眼睛。有些人说她古里古怪。妈妈说她很勇敢。有时候她看起来要比实际年龄大，有时候就像一个小小的女孩。这些都没错。她觉得自己坚强勇敢，孤独迷茫，世界那么广大，而她那么渺小。妈妈说，无论年纪多大，每个人生命中都有一段时间会有这样的感觉。可是对于米娜来说，这很难理解，因为发生在爸爸身上的那些事。妈妈说等米娜长大了，她就会常常觉得自己更坚强，不会再觉得自己很渺小。

　　米娜的妈妈很坚强。在米娜看来，她既勇敢又温柔。她有着一头柔顺的红色头发，眼睛是墨绿色的。米娜觉得如果这世界上有谁可以成为圣人的话，妈妈一定就是其中一个。

　　过去，米娜经常听到妈妈在和医生争辩，特别是那个

30

31

说要给米娜吃药的医生,那个医生说吃药可以让米娜感觉好一点。

"不会感觉好的!"米娜的妈妈说,"那些药片会让她什么都感觉不到了。她又不是机器人。她只是一个普通的小女孩,会慢慢长大,会好好的,根本不需要乱七八糟的药片!"

米娜在圣彼得中学上学,学校离公园很近。那是春天里的一个星期一的早晨,正在上历史课。亨德森老师,在讲这个城市的过去。他说这个城市曾经被煤矿包围。数百年来,男人和男孩们下到地下挖煤。大家可以想象一下,他说。他笑了起来。想象一下到了一个伸手不见五指的地方,挖出像米娜·麦基的头发一样黑亮的东西。他说,如果我们可以到教室地下去,就能发现很多狭窄拥挤的竖井和隧道。他的眼睛睁得大大的。或许还能发现那些死在下面的人的骨头。他说那个有很多煤矿的年代非常危险,但人们都一起工作,一起生活,互相分享着痛苦与欢乐。

他读了几首关于矿工的诗歌,还在 CD 播放器上播放了一些矿工的歌曲。他说自己的爷爷就是一名矿工，小时候是听着那些地下的故事长大的。那些人每天来到深深的地下，地下还有运输的小马，他们说还见过下面的鬼魂。

他给同学们看这个城市以前的地图。上面画有插入地下几百英尺的竖井，还有从城市的边缘一直爬到中心的隧道。他说就在离学校很近的地方，在西顿公园，有一个入口可以通往一个隧道，这个隧道是用来从矿井运输煤炭到河下面的。这个隧道被翻修了。有计划说会重新开放给游客，还有那些想要研究城市历史的人。他还说，如果开放的话，等班级旅行的时候，大家或许可以一起去看看。接着，就下课了。

米娜已经知道那个入口和隧道。她曾经看到过一片杜鹃花丛后面那扇结实的古老铁闸门。门上焊接着几根杆子。最近，她发现那些杆子不见了。戴着安全帽拿着大手电筒的工人进到里面去了。门口放着一个新的橙色标牌。上面写着：危险！请勿靠近！还画着骷髅和交叉腿骨的符号。

那扇门，那条隧道，还有亨德森老师讲的故事和所有

她听到过的那些故事都交织在她的脑海里——古代住在地下的男女主人公们：代达罗斯建造了一座地下迷宫，迷宫深处藏着牛头怪弥诺陶洛斯；普鲁托是地下世界的王，珀耳塞福涅是王后；死去的人从这个世界被拉走，去往地下的黑暗中。还有俄耳甫斯的传说——俄耳甫斯是世界上最伟大的歌唱家，他美丽的妻子欧律狄刻被一条毒蛇杀害了。俄耳甫斯无法接受妻子的死去。他周游世界，寻找通往地下世界的入口。等找到了，他来到地下，祈求把她还给他。

米娜知道这很傻，可是她才只有九岁，而且常常郁郁寡欢，在她的想象和梦境里，那个通往地下的入口就在那里，就在那些杜鹃花丛后面，就在西顿公园里。她告诉自己要鼓起勇气穿过那个入口。她会像俄耳甫斯一样勇敢地走到地下世界。他没能把欧律狄刻带回来。可是米娜会成功的，她会走下去，见到普鲁托，见到珀耳塞福涅。她会说服他们，让她把爸爸带回世界。

故事发生在接下来的那个星期一，也就是亨德森老师的又一节历史课之后。那节课最后，他站在同学们面前，开始唱起来：

> 躺下吧，亲爱的宝贝，我会在你耳边
>
> 轻轻唱一首歌，让你香甜地入睡
>
> 我要为你唱一首摇篮曲
>
> 这是来自一个矿工的催眠曲
>
> 睡吧（Coorie doon），睡吧，睡吧，亲爱的宝贝
>
> 舒舒服服，一觉到天亮
>
> 睡吧，睡吧，睡吧，亲爱的宝贝
>
> 舒舒服服，一觉到天亮

唱到这里，亨德森老师停顿了一下。

"'Coorie doon'就是'snggle down'，意思是'舒舒服服地蜷缩在被窝里'，"他说，"我还是个小孩儿的时候，我爷爷常常唱着这首歌伴我进入梦乡。想想啊，那会儿我还是个小孩儿！想想啊，我那强壮年老的爷爷在我身边温柔地唱着这首歌儿。"

　　他继续唱起来，完全不顾底下那些不懂事的傻孩子翻着眼珠子咯咯笑着，尤其是那些还觉得自己很强壮的。老师唱的时候，米娜闭上了眼睛，想象着那声音是来自她的爸爸。

爸爸要下矿井去了，亲爱的宝贝

要下到那地下的管道里

爸爸要去挖讨厌的煤炭，亲爱的宝贝

为了他心爱的小家伙

睡吧，睡吧，睡吧，亲爱的宝贝

舒舒服服，一觉到天亮

矿井下漆黑无比，我亲爱的宝贝

漆黑又潮湿，空气里都是灰尘

但我们必须带着温暖，带着光明

我们的火，我们的灯

睡吧，睡吧，睡吧，亲爱的宝贝

舒舒服服，一觉到天亮

爸爸已舒舒服服地躺下了，亲爱的宝贝

在那三英尺的煤层之下

所以你也可以舒服地躺下，亲爱的宝贝

在被窝里做一个香甜的美梦

亨德森老师一边微笑着，一边擦了擦眼睛。

"你们一定要永远记住，"他说，"那些挖出像米娜·麦基头发一样黑亮东西的男人和小伙子。"

午餐时间，学校的孩子们都欺负她。他们像土狼一样笑着，喊她"黑煤麦基"和"老师的宠物"，让她滚回地下那本属于她的地方。

"你们这些该死的蠢土狼！"她骂道。

"喔——！"他们说，"米娜·麦基在骂人呢！我要告

诉老师去！"

"你们就是，"她喊道，"你们这些该死的蠢土狼！"

她径直跑出学校大门，跑到了西顿公园，速度才慢了下来。她期待听到背后的脚步声，期待有人喊她的名字，可是什么也没有。几个人躺在路边的草坡上，懒散地晒着太阳，有的在读报纸，有的在吃三明治。他们的安全帽放在身子两边的地上。米娜走过去的时候，他们几乎连头也没有抬。她朝着杜鹃花丛走过去，然后穿过花丛来到了铁闸门前面。那里放了一块石头抵住大门，不过门是开着的，只开了几英寸。米娜看了看标识牌上的骷髅头和交叉腿骨图形，迅速将视线转开。她是一个很瘦小的女孩，只需要小心地把门稍微再推开一点点，就能爬进去了。

没错，里面确实漆黑无比，但是挨着她头顶上悬挂着一盏微弱的灯，照亮了通往地下的陡峭台阶。她沿着台阶往下走，摇摇欲坠的台阶一共大概有二十多级。然后她就来到了隧道里，又有一只灯泡悬挂在那里，远处还有更多的灯泡，照亮着那向左向右延伸的隧道。隧道比她高一点。

地上有一些碎石，还有一股细流。里面有一股潮湿腐烂的臭味，还有一种她觉得肯定是死人的味道。她想到就在很近的地方，外面的阳光正灿烂地照耀着，她不得不告诉自己，不要因为恐惧而掉头跑出去。她想到了俄耳甫斯，想到了爸爸。她也想到了那些蠢土狼同学，没有人会有勇气做这样的事情！她深呼吸了一口气，让自己冷静下来，继续朝地下走去。她被碎石绊得一个又一个踉跄，伸手扶着潮湿的墙稳住自己。她仍然期待能有人喊自己的名字，可依然什么都没有。

"我叫米娜，"她不断低声说着，只能听到自己的回声，"我叫米娜。我很勇敢。"

远处传来一阵沉闷的隆隆声，她停下来仔细听着。是水声吗？还是死人的喊叫和呻吟？

"我叫米娜。我很勇敢。我叫……"

什么东西从她腿边掠过。她连忙跳开，吓得尖叫起来。

低头一看，是一只黑猫，在她腿边迂回前进着。

"猫！"她喘着粗气，"猫！"

她全身止不住地发抖。她俯下身来，轻轻抚摸着它那浓密的黑色皮毛，感受到它身体的温度，呼吸慢慢地平稳了下来。

"我叫米娜。"她轻轻说。黑猫喵喵叫着，还发出咕噜咕噜的声音表示回应。米娜知道自己在这地下的黑暗中找到了一个朋友。

她继续往前走，而黑猫一直跟在身边。有些地方，隧道的墙壁已经烂了，石头和砖凌乱地堆着。她想象着地上的世界，还有她和地上世界之间不断加厚的土地、石头、土壤、骨头和树根。她想象着整个隧道坍塌，压在身上，就像很久以前隧道坍塌压在矿工们身上一样。

接着出现一条壕沟，横跨隧道的通道。借着摇晃的灯泡发出的微弱灯光，她看见一股水流迅疾地从壕沟里流过。米娜屏住了呼吸。她又轻轻抚摸着黑猫。这一定是俄耳甫斯要跨过的那条河——那条横亘在活人和死人世界之间的河。突然，黑猫退后了一步。随后又忽然响起一声咆哮，在水流的另一边，出现了两只眼睛，它们闪耀着光芒。米娜心想，这一定就是那头巨兽——地下世界的守卫，俄耳甫斯不得不驯服的那个家伙。等它靠得近一些了，身形才渐渐显露出来，原来是一条毛发蓬乱、身体矮壮的狗，它正越过壕沟朝他们咆哮着。

米娜蹲伏下来，友好地朝着那条狗伸出一只手，用颤抖的声音唱起歌来，就像俄耳甫斯很久以前所做的那样。

躺下吧，亲爱的宝贝，我会在你耳边

轻轻唱一首歌，让你香甜地入睡

我要为你唱一首摇篮曲

这是来自一个矿工的催眠曲

睡吧，睡吧，睡吧，亲爱的宝贝

舒舒服服，一觉到天亮

睡吧，睡吧，睡吧，亲爱的宝贝

舒舒服服，一觉到天亮

狗的咆哮声渐渐变得温柔了。黑猫也回到了米娜身边。米娜继续唱着，狗躺了下来，好像睡着了一样。米娜顺着隧道望过去，这隧道朝下倾斜着，延伸到无限的远处。她正要跨过那道壕沟，这时听到一声喊叫。

"贾斯伯!"

狗站了起来，耳朵抽搐着，咆哮了起来。

"贾斯伯! 该死的去哪儿了?"

隧道下方远处，有一个影子，那是一个深黑色的暗影，显现出一个男人的轮廓。

"贾斯伯!"

狗转身，朝着那个影子跑去。

"谁在那儿?"那个影子喊道，低沉响亮的声音在隧道墙壁间回响着，"有人吗? 如果有的话，快出来吧!"

米娜趴得更低了。她回头朝着隧道上面蜿蜒爬行，一直低着身子，竭力保持脚下不出声音。等爬过了一堆落石之后，她起身跑了起来。

"到底是谁？"影子的声音还在喊着，"是什么东西？到下面来干什么？"

米娜继续跑着，依然跟跟跄跄，要不断伸出手撑住墙壁保持平稳。狗在叫，影子在喊。米娜心想，那一定是来自死人和守门怪的声音。她可以听到身后重重的砰砰响的脚步声。她来到了那摇摇欲坠的古老阶梯下面，迅速爬了上去，穿过铁闸门，重新来到了阳光下。她推了推，把门关紧了。黑猫消失在杜鹃花丛里。她也穿过了杜鹃花丛。工人们依然躺在路边的草坪上，仍然有的在吃三明治，有的在看报纸，就好像她只离开了这个世界几秒钟一样。当她从旁边经过的时候，他们依然头也没抬一下。她的心怦怦直跳，试图平静下来，让自己看起来不那么奇怪，不再陷在恐惧之中。

接着先是传来了马龙老师的尖叫声，然后马龙老师大步跨过铁闸门。

"米娜·麦基！米娜·麦基！你怎么到这儿来了！"

亨德森老师也跟着来了。他更平静一些。

"来吧，米娜，"他说，"你来，我们可以讨论讨论这里的事情。"

毫无悬念，米娜的妈妈被喊到学校谈话。他们都站在马龙老师的办公室里。是因为班级里的同学们，米娜说，因为他们看待自己的方式还有对自己说话的方式。为什么身上这么多泥土？他们问道。为什么鞋子磨得这么厉害？她也不知道，她说。她告诉他们她刚才就在公园里散步，之前爬了一棵树。她怎么能告诉他们自己像俄耳甫斯一样在寻找地下世界？她怎么能告诉他们她就像俄耳甫斯一样用自己的歌声迷住了地下世界的守卫？她又怎么能告诉他们她就像俄耳甫斯一样没有成功把自己最爱的人带回来？怎么能告诉他们那通往地下世界的大门就在西顿公园？

最后，她只是说：

"我只是逃跑了几分钟而已！我想要的只是自由！"

那天下午，她的妈妈把她带回了家。

"或许还有别的办法。"一起坐在沙发上的时候，妈妈低声说道。妈妈轻轻抚摸着她的头。她们听着鸟儿在外面歌唱。

米娜心里想着：要不要把她做的那些事情如实告诉妈妈。她知道妈妈会理解的，即使不理解也可以去想象一下。但是她知道自己所做的那些非常可怕。她不想吓到妈妈，不想让妈妈担心自己会做这么危险的事情。

后来，米娜试图想个办法来讲述这个故事。最后她觉得也许写下来比较好，所以就这么做了。

特别行动

（第三人称版）

写下自己的故事，就好像在讲述别人的故事一样。

（第一人称版）

写下别人的故事，就好像在讲述自己的故事一样。

我真的相信那个隧道可以通向地下世界吗？我真的觉得可以把爸爸带回家来吗？虽然我也不知道，可是我却去做了。我还是个小女孩。发生了可怕的事情，我很困惑。有时候，我希望还可以再回到那里，就好像我是一个大姐姐，抱着自己说："别担心，米娜。我保证事情都会好起来的，你会感觉更强大。"

隧道还没有对公众开放。妈妈说，他们发现要花很大一笔钱才能确保安全。有些地方坍塌了，下面是未知的岩洞。有些分岔道被落下的石头堵住了，或者根本不知道通往哪里。我当然从来没想过再回到那个隧道。我也一直都不知道那个人影是谁，那条狗又是谁的狗。我试图告诉自己，他们都是修理隧道的团队里的。可是为什么需要一条狗？我还想，或许他只是一个普通人，狗也只是一条普通的狗，他们只是来到隧道里看看里面是什么样子。可是这似乎不太可能。在那之后的几个星期里，我一直被这样的梦所缠绕。每当我去公园的时候，我也在提防着遇到他们。有时候，我觉得，西顿，这个我们所居住的地方，有点像

是古希腊，而地下世界就在我们的土地下面。我想起地下世界的王，普鲁托，坐在深深地下的王座之上。我想到他的王后，善良的珀耳塞福涅。有时候我觉得我确实在那下面看到了什么，一些深邃又古老的东西，我想象如果继续往下走，如果跨过那条溪流，如果朝着那个人影走过去，又会发生什么样的事情。

"我是米娜，在寻找我的爸爸。"

这件事情带来的最好的东西就只有那只猫。我随处都可以看见它。它的皮毛甚至比我的头发还要黑亮。我叫它悄悄。它很可爱。它叫悄悄。

关于始祖鸟的想法

自从我做了那只始祖鸟的模型之后，我就经常握着它在空中摇摆，仿佛让它飞一样。我心想着它是如何在那次灭绝了所有其他恐龙的大灾难中存活下来。而且不仅仅是存活下来，它进化得更优良、更灵巧，也更强大。它是鸟类进化的最开端！我望着鸟儿在天空翱翔，飞跃一切的样子，想象着它们是怎样栖息在世界上的每个角落——从冰天雪地的极地到炎热潮湿的赤道。我一直在想：如果人类想要毁灭自己——他们似乎正是如此——或者如果发生了什么大灾难，就像曾经恐龙遇到的大灾难一样，那鸟类一定还能设法生存下去。当我们的花园、田野、农场和森林都变成一片荒野，当福尔克纳路尽头的公园变成茫茫一片，当我们的城市变成一片废墟，鸟儿还会继续飞翔，继续歌唱，继续筑窝，继续孵蛋，孕育新的生命吧。除非有一天连地球都走到了尽头，无论其他生物发生了什么样的事情，

鸟儿可能都会永远永远永远地存在在这个世界，繁衍生息吧。它们会一直歌唱，直到最后一刻。所以，我的想法是：如果真的有上帝的话，他会不会选了鸟儿作为他的代言人。会是这样吗？

上帝

的话

通过

鸟类

的喙

来传达

欧尼·迈尔斯，垃圾，灰尘，
轮回以及一辆蓝色的车

我又爬到树上啦。树叶的芽每天都展开一点，落在树身上的光斑斑点点，带着淡淡的绿色。头顶上的天空湛蓝湛蓝的。乌鸦非常安静，真好奇雌鸟是不是下蛋了。我想爬到上面看一看，可是雄鸟突然飞到顶上的树枝，发出响亮而刺耳的尖叫声。

"好啦！"我低声说，"我就在这里不动了。"

我常常在这棵树上写字，好像它是某种秘密笔记本一样。以前我常常用小刀在树皮上刻上一个个字，还要确保从下面看不到。后来我觉得不应该去伤害像树这样美好的东西，所以就不再刻字。不过我还能看见曾经刻下的那些字，也能抚摸得到。有我的名字，"米娜"（很多遍），还有爸爸妈妈的名字（也是很多遍）。其中一棵树枝上刻下了"我讨厌一切"；高处的树干上用优雅的字体刻了"世界是一个充

满惊奇的地方";一根窄树枝上刻着"米娜很孤独",字刻得非常非常小。随着时间的流逝,刻了字的树皮都已经愈合,春天又回来了。再过一些年,树上的字可能再也分辨不出了。有时候我还拿笔在胳膊上写字,不过后来也不写了,除非要对所看到的或者听到的事情迅速做一个标记。

他们似乎已经把迈尔斯先生家的房子清理干净了,最后一点垃圾也被拎了出来。最后几天里,门前的花园里堆满了垃圾——破烂的家具,装满旧衣服、陶器、餐具、古老的书和杂志的箱子。我看见人们在那里踟蹰。有两三个人已经对那些东西筛选过一遍,想看看还有没有什么有价值和有用的东西。最后他们把所有东西都丢了回去,什么也没带走。

房子现在在出售,已经有人在关注。一个男人从前面的窗户往里面张望,又抬头看了看屋顶,然后在一个笔记本上写写画画。接着又有一个女人和一个男人翻过那堆垃圾,从前面的窗户往里面看。他们转身,顺着街道两旁看了看,仿佛是在检查这个屋子是不是符合他们的标准。他们没有看到我。他们看起来非常呆滞,非常无聊。"你们不要买！"我在心里说。他们互相讨论了几句，摇摇头走了，没有再朝后看。

"终于摆脱啦！"我在心里说。

然后，一辆巨大的垃圾车开进了这个街道。随着一声巨大的刹车声，垃圾车停在了迈尔斯先生的房门前。一个男人从驾驶室跳了下来。他穿着橘色的工作服。他套上手套，戴上口罩，仿佛在处理什么致命的东西。他把所有的垃圾都聚起来，投到了大货车的后面。看到我在观察他，他笑着朝我挥了挥手。经过我所在的那棵树的时候，他立刻停下来，把玻璃摇了下来。

"你好啊，小丫头！"他喊道。

他的眼睛愉快而明亮。

"你好！"我回应道。

"看起来你在树上玩得很开心！"

"是啊。"我说。

"好一个小姑娘！"他咧开嘴笑了笑，耸了耸肩，仿佛想说些什么，又不知道该说什么一样。最后，他只是喊了

一声："好好享受生活，小丫头！"

　　然后，他走了，带着迈尔斯先生生前唯一还留下的物品去了镇上的垃圾场。

　　除了好好享受生活，我还能做什么呢？不过他的意思当然是，要把日子过好。充分利用生命中的每一天。这句话无论对谁说都很美好，而这也正是我打算做的！

　　突然间，街道变得安静又空荡。我从树上跳下来，朝迈尔斯先生的房子走去。我来到屋子前面的窗子，双手罩在玻璃上往屋子里看。屋里空空荡荡，只能看见脏兮兮的地板，还有从墙上剥落的米黄色墙纸，墙纸上的印花已经褪色了。天花板潮湿破裂，有一整块已经掉落了。通往房间的门半开着。我想象着迈尔斯先生借助齐默助行架拖着脚穿过这扇门来到走廊的样子。妈妈告诉我，他曾经在楼下住了好几个月。那里有一张床，一间卫生间，以前是当做餐厅来用的。

　　为什么有的人突然就从世界上消失了呢？真奇怪！迈尔斯先生曾经练习跑步、跳远，还去英国参加了几次选拔赛。他在二战的时候还驾驶过战斗机。他结过三次婚，妈妈是这样告诉我的。可是现在一切都结束了。但是也不能说都结束了，因为他还没有完全消失。欧尼·迈尔斯的一部分肯定还存在这个房子里——比如说，他皮肤的鳞片。*

*惊人的事实！家里（办公室里、学校里以及人们生活和工作的其他地方）的灰尘大部分是人类皮肤的细小碎片。所以我们看到灰尘在一束阳光中飞舞、旋转、闪闪发光其实是死人的皮肤在飞舞、旋转、闪闪发光！当然里面也有其他东西——比如花粉、纸张和织物的纤维、皮肤的鳞片还有猫之类的动物的毛，但大部分是人的皮肤！很多人的皮肤交杂在一起，在阳光中飞舞，活人的皮肤和死人的皮肤交杂在一起，在阳光中飞舞！人类的皮肤和动物的皮肤交杂在一起，在阳光中飞舞！而这交杂的皮肤就在我们身边，是一件非常平常的事情，真是非常惊人，也非常非常奇怪！

特别活动

盯着阳光中飞舞的灰尘

还有他的气息。或许地板上还有他小便的污点。或许屋子的空气里还混合着他呼吸的微粒。或许他的灵魂还在那个屋子里呢。

在有些地方，人们相信，人死后，灵魂会在家附近徘徊很多天才会飘走。还有些地方，人们相信，灵魂从来不会从这个世界离开，而是化成了飞鸟。想象一下，如果这些都是真的——在我们身边飞来飞去的那些鸟儿啊，都是人的灵魂！我抬头看了看这房子的屋顶，有一只乌鸫在叫。我握住手，伸向明媚的天空。在更高的地方，我看见遥远的地方有一些黑点——那是唱着歌儿的百灵鸟。

然后，妈妈出现在我身后。她把手放在我的肩头。

"如果他年轻的时候我就认识他就好了。"我说。

妈妈笑了。

"如果真那样的话，那你自己现在也快成老奶奶了。"我想了想，确实是这样。"他是个很好的男人，"妈妈说，"我还记得我用童车推着你沿着路边走，他打开门走了出来，往你手里放了一枚一英镑硬币。给孩子一点小钱，他说。"

"爸爸当时在吗?"

"在呢,他在呢,"妈妈突然后退了一步,"那是什么?"

"什么是什么?"

"那里,屋子里面,米娜。"

我们都用双手罩着眼睛朝屋子里面看,发现一只黑猫穿过敞开的门从屋里溜了出来。

"啊,"她呼了一口气,"原来是只猫。"

我朝着我那小野蛮朋友的身影笑了笑。我很确定在迈尔斯先生空空荡荡的家里一定有很多老鼠供它享用。

"已经有人来看房子了。"我说。

"那不错啊,我们很快就会有新邻居了。"

"可是新邻居可能会很无聊,"我说,"那些人看起来就很无聊。"

"要知道不能只看别人的外表就判断他是什么样的人,米娜。"

"是啊,这个我知道。但是他们确实看着就很无聊,

而且……"

她笑了起来。

"也许你可以在门上贴上一个告示。只有有意思的人才能买这个房子！"

"我可能真会这样做。"

"不管怎么说，买房子是很复杂的一件事。尤其是要买这座房子，看到有这么多事情要处理就会打消了买的念头，只是来看看不能说明任何事情。"

"我知道。"

一辆蓝色的车缓缓经过。司机朝外面看了看，把车停了下来。他旁边的女人把身体完全弯下来，所以也能看见。她很快又直起身子。他们对话了几句，然后他又把车开走了。

"如果哪个家庭买了这座房子，要友好一点，好不好？"妈妈说。

我耸了耸肩。

"如果这个家庭有个和你差不多大的孩子，更要友好一点，好不好？"

"无所谓。"我说。

她温柔地笑了笑。

"不能友好？"

"不是，只要他们……"

"有意思？"

"是的，有意思！"

她又笑了笑，我突然觉得很尴尬。她伸出手，拍了拍我的胳膊。

"他们肯定会很有意思的。"她说。

我们朝家里走了。那辆蓝色的车又驶进了街道，缓缓经过那所房子。

乌鸫发出响亮的警报信号。

"你觉得那些鸟儿是人的灵魂吗？"我问。

她思索了一会儿。

"不，不是的。不过，这个想法真不错，你这样认为吗？"

"不。鸟类已经非常不一般了，即使不是灵魂也很不一般了。"

妈妈回家了，而我又爬到了树上。

那只乌鸫望着我，我望着那男人和女人从蓝色的车里出来了。他们来到了迈尔斯先生房子的窗户前。女人似乎怀孕了。两个人看起来非常友善。

"已经下蛋了吗？"我轻声对乌鸫说。

嘎嘎！

嘎嘎！

嘎嘎！

午饭我们吃了奶酪、香蕉、糖霜小面包和石榴汁。**石榴！好吃！味道真好！这个词也很好！石榴！**我们吃饭的时候，妈妈谈论起鸟和灵魂。她说有的人相信灵魂永远不会死去，而是从一个身体进入到另一个身体，也可能是到动物的身体里去，这叫做灵魂的轮回。这是一种重生，一种转世。她讲起柏拉图以及印度教和佛教。还说有些人相信如果你不好好过这一辈子，那么就会转世为虫子甚至是蔬菜。

"或者水果？"我举着香蕉说道。

"是的，有些人相信人类可以转世为香蕉，或者豌豆或者孢子甘蓝。"

我咬了一口香蕉。

"我可不想成为甘蓝。不过香蕉的话！想想成为这个颜色，还有这样好吃的味道！"

我又咬了一口香蕉。如果里面有一个灵魂的话，可以尝出来吗？或者那灵魂的味道是否就是香蕉特质的精髓？

"或许好的灵魂就会变得鲜亮美味，"我说，"坏的灵魂就变得青涩难吃！"

"有可能。那这么说的话，像覆盆子这样的，一定是非常好的灵魂。如果是虫子的话，那好的灵魂会成为什么呢？"

"蜻蜓，"我说，"想想可以做蜻蜓做的那些事，而且长

得像蜻蜓那样。"

"或者一个好的灵魂还可以变成一只蜜蜂。"

"成为一只蜜蜂!"我说,"成为一只蜜蜂!"

"那坏的灵魂呢?"

"蟑螂。"

"绿头苍蝇。"

我沉思了一会儿。

"我很想成为一只鸟。"我说。

"我可以把你想象成一只鸟。"

"一只云雀,飞得高高的,高到都看不见了。或者一只猫,就像夜一样黑的猫。"

我们都沉默了一会儿,继续吃着午饭。我试图想象,爸爸会成为什么,我想可能是一匹马,因为马是非常强壮敏捷、美丽自豪的动物。我不想想象他成为另一个人类。我想让他成为的唯一人类就是我的爸爸,即便对我来说他只存在于我的记忆之中。

"转世的另一个说法,"妈妈说,"是轮回。这个词是从古希腊传来的。"

"再说一遍这个词。"

"轮—回。"她缓慢地说道。

"轮回!"我说,"这个词太奇妙了!轮回!轮回!
轮——美丽——回!"

这个词真不错!看看!听听!

轮回!

轮——美丽——回!

接着我们读了关于印度和斯里兰卡的书,还有关于印
度教和佛教的。我们看了喜马拉雅山的照片,我画了一幅
积雪覆盖的山脉图,而妈妈在给我讲西藏的故事。那是一
片高耸入云的土地,在印度的北方,属于中国的领土。在
西藏,人们相信灵魂在夜晚的时候会抽离身体,而灵魂的
所做所为在醒来时就被定义为了梦。这被称为"灵魂出
窍"。灵魂出窍!想象一下在夜晚的时候跟蝙蝠和猫头鹰一

起飞翔，望着下面的房屋、街道、城市和世界！

他们还相信，整个宇宙都是从一颗巨大的蛋中孵化出来的。我非常能理解。为什么宇宙不可能是从某个最惊人最不可思议最神奇的东西中孵化出来的？一颗蛋。只是一颗蛋！如果这是真的，那整个世界就像一只鸟儿，在时间中穿行。每当它下了一颗新的蛋，新的宇宙就诞生了。所以就有了一个宇宙接着一个宇宙——一群宇宙在时间中穿行。

一个祝愿，以及，一个祈祷

如果我死后，我的灵魂

被某个动物占领，

我祈祷这个动物会是一只鸟，

那样我的灵魂就能通过

一只云雀的身体升至高处。

芽菜，挖苦，以及时间的奥秘

我喜欢这样的午后，喜欢我们在一起讨论诸如轮回这样的话题，喜欢我们在一起学了这么多东西，对一切充满了那么多好奇。我们探索了很多未知的领域，一个个想法在脑海中长大又飞走，就比如关于宇宙和蛋的想法。我喜欢在家里自学，这样就不需要有固定的科目、时间表和规则。我已经在家自学快一年了，自从那次可怕的学习评估测验。似乎还要更久——也许因为这样我们像是得到了如此多的自由，以及如此多的空间和时间。我们非常乐意如此。虽然妈妈说不可能永远这样。她说这样我会变得太孤立，况且我还是一个独生女。她甚至还说学校并不是真的监狱和牢笼。明明就是的，怎么可能不是！我告诉她。她摇了摇头，咧嘴笑了。注意你的语气！她说。

我喜欢自己一个人或者和她在一起（或者和猫咪、乌鸫还有猫头鹰说悄悄话）。这些她都知道，她说我可以很好地应对这一切，不过不久前的一天她让我坐在她身边，然后说道：

"也许会有那么一天，你需要的不再只是这些。"

"不，不会的。"

"会，你会的。你需要一些朋友，比如说。"

"朋友？"我低声说。

她轻轻抚了抚我的头发。她爱抚地拥抱着我，仿佛我又回到了很小的时候。

"是的，米娜。朋友。一旦你开始交朋友，就会有一些很可爱的朋友。当然，很快也会有一天，你开始考虑和男孩子们交朋友。"

"考虑什么？"

"考虑和男孩子们交朋友。"

我抽了下鼻子，把头转向了一边。即便我是这样的反应，但我知道这些都是事实。

"不，这绝对不可能的！"我说。

她笑了。

"注意语气！不过我并不担心。一切都可以慢慢来，一

步一步来。"

　　这是真的吗？要再到学校去吗？我简直无法想象。妈妈说我太极端了，但是对我来说，学校就是个监狱，一直都是，而且不会有什么改变。这里有一首诗，是我两三年前写的，我现在要把它贴在日记里。

　　我太爱这首诗啦！我太爱这首诗啦！

用一首视觉诗来解释

过去、现在和未来的意义

我过去讨厌上学我过去讨厌上学

我现在讨厌上学我现在讨厌上学

我未来讨厌上学我未来讨厌上学

我过去讨厌上学我过去讨厌上学

我现在讨厌上学我现在讨厌上学

我未来讨厌上学我未来讨厌上学

我过去讨厌上学我过去讨厌上学

我现在讨厌上学我现在讨厌上学

我未来讨厌上学我未来讨厌上学

我过去讨厌上学我过去讨厌上学

我现在讨厌上学我现在讨厌上学

我未来讨厌上学我未来讨厌上学

我过去讨厌上学我过去讨厌上学

我现在讨厌上学我现在讨厌上学

我未来讨厌上学我未来讨厌上学

看一看你越是重复

上学

这个词

这个词就越失去了的意义

就像你越是

去上学

就越没有意义！

我是在丝格勒瑞老师（还是斯卡利老师来着）教了我们时态之后写下这首诗的，她教了我们过去式、现在时和将来时的区别。

"现在，听好了，孩子们。"她说，好像我们反应很迟钝、很傻，或者很幼稚或者怎么样似的。"如果我现在做什么事情，我说，我做这件事情（I do it）。如果我过去做什么事情，我说，我做了什么事情（I did it）。如果我将来做什么事情，我说，我去做什么事情（I will do it）。动词是表达动作的词*。他们有一定的时态——过去时，现在时和将来时。我为你们准备了一份测验。你们要按照说明更改句子的时态。大家明白了吗？我相信应该都明白了。很清楚了。"

然后她发了一些题卷。题卷上写了一个特别无聊的故事，讲的是一个女孩穿过一个镇子，一路上遇到了很多人。

---

* 偶尔，**动词也不是表达动作的词**，"停"是一个动词。但是如果我说"我停下来"，我已经停下来做任何事情了。我根本什么事情都没有做！我本来打算告诉丝格勒瑞老师，但是现在她已经受够了我。她会说，"你这是在玩文字游戏"，而我会回答："玩文字游戏有什么错？文字本来就是喜欢被玩的，就像小孩子或者小猫咪一样！"我说的她肯定一点也不能理解，而且可能会让她更加讨厌我。

哈欠，哈欠，我们要把现在时改成过去时。丝格勒瑞老师发给过我们很多类似的题卷——句子里留了几个空要我们把缺的词填进去，或者把一句话里面的词都打乱，要我们重新组合起来好让句子通顺。真是简单得要死，也无聊得要死。通常我都要忍受着，赶紧把它做好，但是那天我一定是把舌头弄得啪嗒响或者其他怎么样了。

"怎么了，米娜？"丝格勒瑞老师说，"你有什么要说的吗？"

通常我都会说，不好意思老师我没什么要说的，但是那天我却说了。

"丝格勒瑞老师，问题是，这一点也不清楚。过去时、现在时和将来时比你所说的要更加神秘一些。"

"噢，是吗？那请你来给大家讲一讲。"

真是典型的她的语气。挖苦！我讨厌挖苦！尤其是来自老师的挖苦。

如果我和学校的工作有任何关系的话，我一定要在每个教室贴上一个大大的告示。

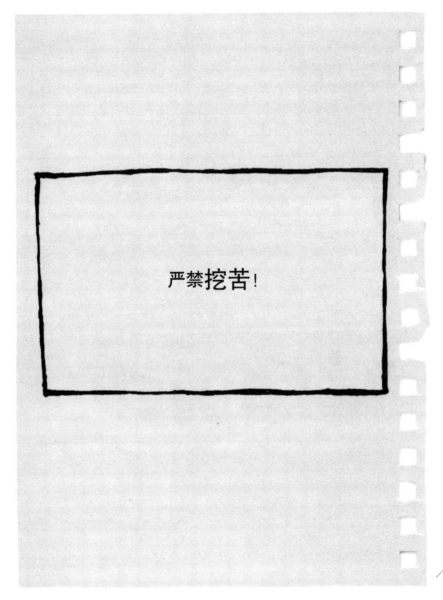

严禁挖苦！

我还要再写一个告示：

极力

鼓励

玩文字

游戏！

所以我就给她讲了讲。

"没错，老师，"我说，"这些时态有更多的奥秘。比如说，过去对于住在过去里的人来说就是现在。将来也很快就变成了现在，然后又会很快变成过去。在我们的思想里，过去、现在以及对将来的展望是同时存在的。"她站在那里，双臂抱在一起，等着我继续说下去。所以我就继续说了下去。"从时间出现开始，人们就试图去搞清楚时间的问题，但是至今为止仍然没有搞清楚。"

她叹了一口气。

"说完了吗？"她说。

"没有呢。所以说时间的奥秘不可能就浓缩成题卷上的几个时态。"

她又深深地叹了一口气。她望向教室窗户外面渐渐昏暗的午后阳光。我可以看出她心里在想自己要是交通管理员或者警察就好了，再或者是一根芽菜。

"更不必说我们的梦境了。"我继续说道。

"现在你说完了吧！说完了就闭嘴吧！我们现在不

是在探讨哲学，麦基小姐。这是英语课，快点写你的作业！"

我开始写作业了。我的内心在沸腾。那死人呢？我真想问她。死人应该是在过去的，但是如果他们还在我们身边呢？（哪怕就比如是以灰尘的形态，更不必说灵魂了？）我们活着的时候是现在吗？死去了就是过去了吗？如果我们死而复生，又该怎么去定义？为什么就说过去、现在和将来是不同的东西？世界上众多像丝格勒瑞老师这样的人所认为理所当然的东西，所认为浅显易懂的东西其实一点也没有那么简单。

我潦草地做完了那愚蠢的题卷。丝格勒瑞老师坐在桌子旁，做着成为一根芽菜的梦。我抓起一页干净的纸，开始作我的视觉诗。

那天是我快要结束校园生活的日子了。在那之后没多久我就在家里和妈妈一起学习了。虽然在那之前就是学习评估测验。天啊，评估测验！这是我要写的另一个故事。然后就是在柯斯林大街学生收容处的那天了。我现在就是要写这一天。

特别活动

写一首诗，重复一个词重复一个词重复一个词一直重复一个词

直到这个词快要失去它的意义。

（选一个你不喜欢或者让你害怕和恼怒的词更有用。）

即使我讨厌学校，我有时候也觉得自己很有兴趣在学校工作，或者去管理一所学校。我一定保证设置一些很有趣的课程，虽然我不会称之为"课程"。这也就是我所谓的"特别活动"——比世界上像丝格勒瑞老师这样的老师所分发的那些作业单更令人激动，更富有成效！

下面还有一个。我希望我在后面会加入更多的特别活动。

特别活动
（白天版本）

将食指的指尖和拇指的指尖点在一起环成一个圈。透过这个圈看一看天空 *。看一看那片空旷。仔细想一想这片空旷。等等，别动。或许在这一片空旷之中有一个小点，那是一只云雀在高不可及的天空中歌唱，快要超出我们的视线了。也或许什么也没有，就只是一片空旷。迟早会有一只鸟儿在你的视线中出现一会儿，然后还会飞走。从一片虚无之中出现了什么东西，然后又消失了。继续看吧。早晚还会有另外一只鸟儿出现，代替这只鸟儿的位置。继续看吧。可能会有几只鸟儿一同出现。继续看吧。继续看吧。让这不同寻常的天空进入你的脑海。想一想你的脑袋居然大到可以盛得下整片天空。我要说的已经说完了，可好像压根什么也没说。不需要把什么都写下来，除非你真的想。只要记住。只要去思索。当你有一会儿时间的时候，再做一次这个活动。不要担心凝视天空。那是很棒的一件事情。

* 当然，别对着太阳看。（为了您的健康和安全，特此警告！）

特别活动

（黑夜版本）

将食指的指尖和拇指的指尖点在一起环成一个圈。透过这个圈看一看天空*。看一看那富饶的一切。仔细想一想这样的富饶：星星和银河系、行星、那无比深邃的黑暗，那在时间和空间中非常遥远的星星就像是散落的银色灰尘。想一想你环成的圈里包围着多得无法想象的空间和时间。想一想这多得无法想象的空间和时间只是整个宇宙和永恒之中一点细小的碎片。继续看吧。继续看吧。那些东西会在你的视野里经过：忽隐忽现的蝙蝠、俯冲而下的猫头鹰；一架飞机打得高高的灯光，卫星慢悠悠的闪光。继续看吧。继续看吧。让这富饶的黑夜进入你的脑海。想一想你的脑袋居然大到可以盛得下整片黑夜。我要说的已经说完了，可好像压根什么也没说。不需要把什么都写下来，除非你真的想。只要记住。只要去思索。当你有一会儿时间的时候，再做一次这个活动。不要担心凝视天空。那是很棒的一件事情。

---

* 当然，别对着月亮看。（为了您的健康和安全，特此警告！）

珀耳塞福涅，疯狂，以及空无一物

又是夜晚。春天真是奇怪。季节应该朝着夏天迈步了，可有时候似乎又转身回到了冬天。天空一整天都是钢铁一样的灰色。早上的时候，会结霜，而树下以及花园围墙的阴面一整天霜都不会化。

我又出门爬到树上，可是树皮冰冷无比，微风寒冷刺骨，我穿了两件绒毛衣服，还是冻得不行。乌鸫好像根本不在乎这些。它们继续在树枝间飞进飞出，一边唱着歌儿一边发出响亮的叫声。可是如果今年春天根本就不会来了呢？假如因为什么糟糕的原因季节轮转发生了可怕的事情？

我从树上跳了下来。周围一个人影也看不到。我跪在草地上，用拳头砰地砸到地上，说道：

"加油啊，珀耳塞福涅！别放弃，珀耳塞福涅！"

珀耳塞福涅，我以为在去地下世界的路途中会遇见她，

她和地下世界之王普鲁托一起住在冥府。春天的时候，她回到大地上。直到她回来，春天才会开始。在古希腊，人们通过音乐、舞蹈和歌唱来召唤她，这样春天才会再次到来。

"上来吧！"我又说道，声音更大了。我又用拳头砸了一下大地。我想象着她穿过那望也望不到头的复杂隧道往上面来。"继续爬啊！别迷路了！别放弃！"

我抬头看了看，发现有一个女人在低头盯着我看。我觉得我认得她，她好像就来自这附近。她穿着绿色格子花纹大衣，围着羊毛围巾，戴着一顶黄色的帽子，头发花白，眼神非常和蔼。她推着一辆带轮子的购物车。

"你还好吧，宝贝？"她问道。

"我很好，谢谢。"

"你在那儿会得重感冒的。"她说。

"没关系的，我在召唤珀耳塞福涅呢。"

她低声笑了笑。

"春天女神嘛！"她说。

"你知道她！"

"我当然知道啦！宝贝。会有人不知道吗？"她把冻得发抖的双手罩在嘴上，低声说道："加油啊！珀耳塞福涅！快上来回到这个世界吧！我们好冷啊！"她咯咯笑着，然后朝四周看了看。"别人会觉得我们发疯啦，"她又看了看我，"你觉得我们是发疯了吗？"

"没错。"我说。

"太好啦。如果没有疯狂的人，这个世界会变成什么样啊？"

如果没有疯狂的人，

这个世界会变成什么样啊？

我正是这么想的！

"你叫什么名字啊？"她说。

"我叫米娜。"

"你好啊，米娜。我叫格蕾丝。"

"你好，格蕾丝。"

她微笑着，把手从花园围墙上面伸过来，握住我的双手。她的手瘦骨嶙峋，干枯又冰冷。

她朝我眨了眨眼。

"我之前看到你在树上，米娜。你似乎很习惯那里。"

"是啊。"

"我小的时候，也很喜欢爬树。我曾经幻想自己一整天都在爬树，悬挂在树上从一棵树荡到另一棵树，永远不落到地上。"

"你这样做过吗？"

"没有足够的树呢，米娜。不过我曾经在我的花园里进行了一个小小的巡回。从外屋的角落爬到了苹果树上，然后又爬到了一个摇摆的梯子上，再接着又回到了外屋。"她抬起了脚，一边咯咯笑着，一边叹息着，"现在我连那该死的台阶都要上不去啦。"

一股冰冷的风沿着街道吹来。她缩了缩身子。

"有时候，你坐在树上，看起来很忧伤。"她说。

"是吗?"

"是啊,不过忧伤也没什么。忧伤只是所有一切当中的一部分而已。"

她又眨了眨眼。

"珀耳塞福涅!"她低声喊道,"加油啊!"她又说了一遍,似乎在唱着一首短小的歌,我随后也加入了进来。

"加油啊,珀耳塞福涅!"

"加油啊,珀耳塞福涅!"

她扭动着屁股,好像在跳舞。我也跟着扭了起来。她轻轻叹息着,咬了咬牙,闭上了眼睛。然后又咧嘴笑了起来。

"不中用的老骨头咯,"她说,"不过没关系,总有一天会修理好,然后……"

突然她用手捂住了嘴。

"我的天哪!"她说。

"怎么了?"

"我突然想起来,昨天夜里,我梦见你了。"

"梦见我？"

她笑了。

"是的，你在树上，你说，上来啊，格蕾丝！所以我爬了上去，坐在你身边。你身上长了小小的翅膀，就像一只小鸟一样。就像一只刚刚会飞的小鸟！我的天啊，我们都做到了！"

她又笑了。

"这就是全部啦，我想。"

我也朝她微笑着。想到自己出现在格蕾丝的梦里，真的是很开心的一件事啊。

"好玩吗？"她说，"我本来全都忘了，可刚刚就那么一刹那又出现在我脑子里。啊，好吧，梦就是这样奇怪啊。"

她又一次握紧我的手，深深地吸了一口气，身体抽搐了一下。

"她会再回来的，米娜，"她说，"她一直都会再回来的。"

她拉了拉围巾，围得更紧了一些。

"我要走啦，"她说，"再见，米娜，"她又眨了眨眼，"也许我还会再梦见你呢，是不是？"

"那就太好啦！再见，格蕾丝。"

她犹豫了一下，才转过身去。

"记住了——她想和我们在一起，就像我们想和她在一起一样。再呼唤呼唤她吧。"

"我会的。"

她离开了街道。我想到自己出现在她的梦里，真是奇怪啊。或许我们每个人都会出现在别人的梦里。或许一切都是一场梦，都是一场虚幻呢。

我思考了一会儿，又低头看了看大地。我跺着脚，低声喊道："回来吧，珀耳塞福涅！"

突然出现一声巨响。我抬起头，发现一个男人站在迈尔斯先生家的墙上，手里拿着一把大锤，正往花园里敲一根标杆。

砰！他继续敲着，啪！砰！喀！

"太好啦!"我心想,"珀耳塞福涅肯定会听到这声音的。再敲得响一些吧,先生。"

他一定听到了我内心的声音,又开始砰砰敲起来了!

咚!砰!啪!喀!

回来吧,珀耳塞福涅!

咚!砰!啪!喀!

回到上面的世界来吧!

然后他握着那根标杆摇了摇。已经稳如磐石啦!

他往上面贴了一个告示:

此房出售

磐石房产经纪公司

他跳下来,在标杆旁边的土地上重重跺了几脚。然后他迅速搓了几下手,咧开嘴笑着走开了。

我又一次用拳头砸了一下大地，又跺了一次脚。

"加油啊，珀耳塞福涅！"我说。

我想象着她正穿过那些古老城市的化石和残骸走过来。抬头看着那钢铁一样灰色的天空。一丝阳光也没有。我又朝着地上看了看。

"请注意啦！"我对她说，"世界很需要你！"

然后我就回屋了。

妈妈在忙。她在给一本杂志写一篇文章。给报纸和杂志写文章就是她的工作。她有时候甚至会写点关于我或者家庭教育方面的东西。她说学校固然有很多好的方面，（我当然不会同意这一点！）但是，某些学校，就像某些人一样，根本就不知道那些关于孩子的简单事实。

关于孩子的简单事实

有时，要让孩子独自待着！

没必要一直陪着他们！

没必要一直看着他们，检查他们，

不停地往他们脑袋里塞东西！

没必要一直对他们说：

学这个，学那个！

做这个，做那个！

答这个，答那个！

有时，孩子必须要独自待着，

静静地，默默地，去做！

空无一物

而且她

一点没错！

为什么我们这么害怕空白？她问。

好问题！为什么？

为什么我们这么害怕空白？

这一页就是空白。

它可怕吗？可怕吗？

当
然
不
会

！

特别活动

写下一个空白页。这太简单了。现在仔细看这空白。这也很简单，而且，还很让人愉快呢。

无花果酱夹心卷，小便，唾液，汗水，以及所有让人快乐的词

悠闲地散步。喝了巧克力牛奶，吃了两块饼干！

无花果酱夹心卷！好吃！

大喊出来吧！

无花果酱夹心卷！好吃！

我知道有些人并不喜欢无花果酱夹心卷——比如说，苏菲·史密斯。她是我在学校时候的同学，有一阵子我们同桌。她差不多和我一样瘦小。她有一头鬈曲的金色头发，蓝色的眼睛，走路有点一瘸一拐。有一次课间休息，我给了她一个无花果酱夹心卷。

"不要了，谢谢，"她说，"我觉得很恶心。"

"恶心？"我说，"很恶心？"

我简直不敢相信。

"你是开玩笑吧!"我说。

"不是的,"苏菲说,"我更喜欢吃果酱夹心饼干。"

我不得不承认我从来没吃过这种饼干。

"什么?"她说,"从来没吃过?你是外星球来的吧?"

第二天,她带了一些果酱夹心饼干来了学校。课间休息的时候给了我一块。

"好吃吗?"她问。

"太美味啦!"我说,所以她又给了我一块。

我们有一段时间是朋友吧,我想。我们经常在课间一起在校园散步。有一天,我深深吸了一口气,说道:

"我知道这件事和我没什么关系,不过你为什么走路一瘸一拐的?"

"我小时候得了一场病,"她说,"后来腿就出问题了。"

"真不幸啊。"

"你介意吗?"她问。

"不介意啊,"我说,"我当然不会介意的。"

我们继续散着步。

"等我再大一些，就去做手术矫正回来。"

"那很好啊。"

"可能会很痛，但我觉得很值得。"

然后她望着我说道：

"我能问你一个问题吗？"

"可以啊。"

"你为什么这么……？"

她停顿了一下。

"这么什么？"我说。

她耸了耸肩。

"这么奇怪，我想。"她说。

"我奇怪吗？"

"有点吧，有点让人难以捉摸。"

我望着校园里的同学们，有的在一起跑跑闹闹，有的在一起悠闲地玩耍。

"我并不是故意这么奇怪的，"我说着笑了起来，"或许我也该去做个手术矫正一下。"

她也笑了。

"也许是要做个手术。可是什么样的手术能治疗奇怪啊？"她说。

"我也不知道。"我说。

"抗奇怪化手术！"她说。

听到这个词，我们一起大笑了起来。

"你介意吗？"我说。

"不啊。"她说。

她把手伸进口袋，拿出一个用银箔纸包起来的小包。

"吃块果酱夹心饼干吧。"她说。

我咧开嘴笑了。

"真好吃！"

索菲·史密斯。我很想知道，她现在在哪儿呢？还在那所学校吗？她搬走了吗？不知道她最后喜欢上无花果酱夹心卷了吗？她做了手术吗？或许我永远都不会知道答案。我确实觉得有一天看到她从街道的尽头经过，而我当时坐在树上，但是不确定。我差点喊了出来，可是没有喊。我想再见她一面吗？是的，我想答案是肯定的。

关于这些，我只会轻轻对自己说，但是我有时候确实觉得有一天我会回到学校，再交一些新朋友。有时候，我确实很想回学校。我有时候也悄悄说，所有的老师最好都不要是丝格勒瑞老师那样。会有一些老师很漂亮，讲课很风趣，很有创造力。就像亨德森老师会告诉我们关于西顿公园地下的故事。就像过去我的一些老师一样。学校里还有像苏菲这样的好同学。有时候，我发现自己会觉得学校可能（可能！）会是一个好地方。有时候我甚至发现自己在想，应该会有一些学校是好地方。不过这些对我也没什么实际的作用。学校依然是牢笼，是坚决要回避的地方！

无花果酱夹心卷！哇！我喜欢先轻轻咬一口夹心卷的顶部，再仔细品尝里面的无花果酱夹心（和巧克力牛奶一起在嘴里哧溜哧溜滑动的感觉真是回味无穷），最后再把底部吃掉。

起来上厕所啦。听一听小便落在马桶的水中那美妙的叮咚声。想想水在我身体里流动，变成尿液被冲到排水沟

里，最后流进河流、大海，又蒸发到空气里，再以雨的形式落下来。想想那曾经是我的尿液的水变成雨水落下来！怪不得有人会说，下雨像是天空在尿个不停！

水一刻不停，奔流，涌动，打旋，飞溅，潺潺，蒸发，凝结。我身体里的一些水分子曾经来自红海，或者密西西比河，或者来自欧尼·迈尔斯，或者一只乌鸫，再或者来自一只橘子、一棵萌芽，甚至来自一头恐龙！或者一个山顶洞人，一头剑齿虎，一只三趾树懒，或者……

我朝着水里吐了一口水，又冲了一次，我的口水也传到了世界各地。它们也不再是我的口水，而是变了模样，进入其他人的身体，变成了其他人的口水和尿液。它会成为大西洋或者尼罗河的一部分。它会成为未来我们进化成的不知道什么生物的一部分。然后一直一直一直转化下去，直到时间的尽头。

特别活动

起来上厕所。把你的小便冲走。

想象一下它会被冲到哪里，又会变成什么。

大口大口喝水龙头里的水，来补充我因为口水、尿液和汗水所失去的水分。人的身体里有百分之六十五都是水。也就是说有三分之二的我在不断消失、不断被替换。所以大部分的我根本就不是我！

咕嘟咕嘟。

大部分的我根本就不是我！

大部分的米娜根本就不是米娜！

大部分的某个人根本就不是某个人！

突然看见卫生间镜子里的自己。退后一步，好好看一看。我真的很瘦很瘦。这一定是构造上的问题，因为我很喜欢吃无花果酱夹心卷、果酱夹心饼干和巧克力。我的身材真的非常矮小。小时候妈妈经常喊我是她的宝贝小鸟，我很喜欢这样的称呼。但是无论我多么瘦小多么轻，都不可能像一只小鸟那样轻。它们骨头里有气囊，正确的说法应该是气腔。气腔。多么神奇的词啊！气——腔。

气腔！

我，还有其他所有的人类，都没有气腔。因此，我不会飞。我真不会飞吗？或许也未必。毕竟——

我的尿液我的汗水我的口水因为蒸发升到了天空

又变成雨水降落到大地。

我的皮肤变成灰尘在空气里飞舞。

我的呼吸融入空气，融入天空。

所以我既不会飞，其实又会飞！

我继续看着。我知道我在卫生间镜子里看到的这个女孩会渐渐变化，渐渐长大。妈妈说我现在正站在幻想年代的开端。我看着镜子里那个小小的生物，感觉那似乎不可能。但是，我确实觉得自己做好了这个准备。我也很高兴去等，当必须是小孩的年代就好好做个小孩，就像妈妈用手臂搂着我坐在沙发上轻轻对我说她很爱我，她哼唱着那些歌谣，温柔地对我说我是她可爱的宝贝小鸟。

再徘徊一会儿吧。我回到卧室，在我的书架之间来回走动。抽出三本书，那是世界上最不可思议的三本书：《野兽国》《我们一起去猎熊》《小狗道格》！我躺在床上，读一读，看一看，就像我小时候那样。和马克思一起跳一跳野兽之舞吧！和家人一起踮着脚尖来到熊的洞穴；因为戴夫丢了他的毛绒玩具小狗道格而伤心，因为他重新找到了它而开心。

我把三本书又读了一遍，这是第二遍，感觉有点恍惚，我想起了爸爸，想起了以前我入睡之前他给我读这些书的

样子。在我脑海中，从来没有关于他的清晰图像。关于他的记忆，一半是自己看到的，另一半都是听说的，仿佛他是来自梦里的人物，你越是想要想起他，他就变得越模糊。当我给自己读着书里的文字时，我朦胧中仿佛听到他的声音，仿佛是他在读给我听。

我模糊地记得他亲吻我道晚安时脸上的胡茬和呼吸的味道，他轻轻抚摸我的脸颊时微微粗糙的皮肤，他轻声道晚安时温柔的声音。我躺在床上，而书就放在我的身边，我恍恍惚惚，半睡半醒，带着朦朦胧胧的记忆*，觉得自己真的非常渺小。

这个活动让我觉得非常悲伤。我写下两页关于喜悦和孤独的词汇，试图想让自己开心起来，满满两页，但其实什么也没有！

---

*　很奇怪的想法。或许很小的时候试着回忆和很老的时候试着回忆是很相似的。当欧尼·迈尔斯望向窗外的街道时，或许就像我现在试图回望过去有着同样的感受。所以小孩和老人在一定程度上是很相像的。

云雀　妈妈　乌鸫　猫头鹰　月亮　树　公园　伊卡
洛斯　翅膀　奇怪　猫　黑色　闪烁　银色　光滑　高兴
没错　鸡蛋　树　鸟窝　灯光　吐司　橘子酱　覆盆子
酸奶　公园　米娜　爸爸　蝙蝠　俄耳甫斯　天使　夜
晚　低语　日记　森达克　书本　充足　故事　唱歌　跳
舞　格蕾丝　椋鸟　米娜　混乱　杂乱　唱歌　鸟喙　上
帝　飞翔　典型　威廉姆　高兴　花粉　废话　树懒　野
生　画家　诗人　布莱克　野蛮　煤矿　无花果　温柔
徘徊　罗斯　徘徊　香蕉　轮回　休斯　奔涌　不可思议
戴夫　油漆　陶土　摇晃　警报　巫婆　佛教　圣人
皮肤　怪人　卵石　乌鸦　小便　爷爷　奥克森伯里　欧
尼　天堂　宇宙　最大　小狗道格　想象　叮咚　活着
山药　萌芽　敲击　美丽　内部　灵魂　简陋　孵化　小
鸟　潮湿　生物　书本　摇篮曲　莫里斯　倾倒　轻　水
比萨　爱　矛盾　活着　鸣响　咯咯笑　印度教　亲爱
的　咕噜咕噜　小姑娘　助行金属架　珀耳塞福涅　尿液
厕所　灵魂　无花果　小家伙　奇怪　蜜蜂　想象　雪

莉　巧克力　瞪视　词汇　格蕾丝　轮一漂亮一回　瘦骨

嶙峋　猛击　喜马拉雅　云朵　身体　孵化　宇宙　愚蠢

血腥　始祖鸟　诗歌　词汇　哈欠　空无一物　神秘

滴答　舌头　神秘　萌芽　砰砰　胡萝卜　哲学　看见

石榴　汗水　海伦　私人　具体　科斯林式　停止　玩耍

食指　饼干　空间　军刀　疯狂　春天　迈克尔　奶酪

奇怪　世界　冬霜　不可思议　打底　这个梦　灰尘

银色　睡梦　噢　太阳

写完这些，我望着窗外的街道。蓝色的车回来了。那个怀孕的女人还有那个男人从车里下来了。还有一个小男孩跟在后面。女人看着迈尔斯先生的屋子，一脸不满意，但是男人领着她到前面窗户看看。他们朝里面望着。男孩站在那里，双手插在兜里，闷闷不乐地盯着地，又闷闷不乐地望了望这条街。男人朝他咧嘴笑了笑，让他到前面来。男孩没有动。然后又来了一辆车，一个穿制服的男人从车里下来了，手里拿着一个塑料文件夹。他和男人、女人握了握手。男孩把脸扭到别处去了。穿制服的男人笑了。他似乎说了些什么，或许是关于"孩子"的。他搓着手，从口袋里掏出一些钥匙，打开了前门。他们走了进去。

我坐在桌前，在本子上胡乱涂写。写下一些根本没有意义的东西。继续望着窗外。看着沿着低矮的花园围墙发出阵阵簌簌声。

那一家人在房子里似乎待了一个世纪那么漫长。我想象着他们从一个房间穿到另一个房间，从欧尼·迈尔斯的分子之间穿过。我想象着他们检查着快要掉下来的天花板、

餐厅的厕所，还有房子后面荒废的车库。

"别丧气！"我在内心对自己说，"这周围需要一点新的事物了！"

最后，他们终于出来了。

两个男人握了握手。穿制服的男人驾车离开了。另外一个人咧嘴笑着，双臂大大展开，仿佛想把这所房子拥抱在怀里。女人用手擦拭着身上，试图理去那些灰尘和污垢。男人悄悄对她说了些什么。他轻轻抚摸了几下她的肚子。两个人都托着她的肚子。她笑了。男孩还是盯着地面，然后用力踢着地面。他皱着眉头，可能还骂了两句。然后他又朝着地面踢了几脚。接着又踢了一脚。

他们离开了。现在已经是黄昏时分了，街道上传来阵阵鸟鸣声。

我下了楼。

"又有人来迈尔斯先生家看房子了。"我说。

"那很好啊，"妈妈说，"是无聊的人还是有意思的人啊？"

我耸了耸肩。

"我也不知道，他们是和房产经纪人一起来的。"

"那肯定很感兴趣咯。"

"那个女人看起来一点也没兴趣。更别说那个男孩了。"

"男孩？"

"是的，妈妈。男孩。"

"那真的很不错。"

"是吗？那个女人也快有小宝宝了。"

"那肯定很不错了！"

她微笑着，伸出手揉了揉我的头发。

"话说回来，你刚才一直都干吗呢？"

"跟腿脚不利索的老太太聊天，为珀耳塞福涅跳舞，在别人的梦里漫游，想了想小便、汗水和口水，读了读《野兽国》，写了一千个关于高兴的词。"

她又笑了。

"听起来是还不错的一天哦。"

特别活动

（高兴版本）

写一页词语，关于高兴。

特别活动

（伤心版本）

写一页词语，关于伤感。

外公，失踪的猴子，以及猫头鹰

现在，夜幕已经降临。没有星星。街道上飘着层层薄雾。霜在闪闪发光。"春天该来了！"我想大喊，"快走开，霜！"

迈尔斯先生家的方向，传来猫头鹰"嘟嘟"的叫声。有什么在回应它，它继续叫着。

猫头鹰。我觉得自己离它们如此之近，我和它们分享同一个家。

"晚安，猫头鹰，"我轻轻说，"明天我要写一写你们的故事。"

嘟嘟。嘟嘟——嘟嘟——嘟嘟。

米娜和猫头鹰

米娜妈妈的爸爸是一名水手。他还是个年轻小伙子的时候，就已经航行到了全世界。他到过世界各地，到过很多异国情调的地方，那些地方也有着非常异国情调的名字：圣地亚哥、旧金山、开罗、卡萨布兰卡、爪哇岛、布宜诺斯艾利斯、斐济、洪都拉斯、东京、雷克雅维克、马尼拉、新加坡、曼谷、阿布扎比、河内……这个名单可以无限列下去——或者直到所有异国的名字都列完为止。

米娜记得自己很小的时候，收到过很多来自这些地方的明信片。外公经常在外面旅行，她见他的次数都能数得清。她记得那是一个忙碌又有趣的男人，总是带着灿烂的笑容，皮肤是榛子色的。她记得他讲的那些故事——他怎样在遥远的丛林里与狮子、老虎和鳄鱼打斗，怎样和鲸鱼一起游泳，怎样从漩涡里逃了出来，又怎样在沉没的西班牙大帆船中发现了宝藏。他说有一天会带回一个藏宝箱给她。那时候她虽然还小，但是也知道那些故事和许诺都是编出来的。因为她知道，比如说，狮子根本不住在丛林里。不过她真的希望那些关于猴子的故事可以变成真的！

他总说他要停止旅行了，要退休回家，回到克劳路的房子里。但是米娜的妈妈知道他不会的。他继续航行，即使早就可以退休了还是在坚持着。他最后在印度洋上的游客小帆船上航行。最后一张明信片上说，他很快就会回来了。妈妈说他在寻找合适种类的猴子。她还说他在天堂。

他死去的时候，埋葬在了大海里，就在那遥远的印度洋，黄昏时分。

他在遗嘱里把一切都留给了米娜的妈妈，不过他说克劳路上的那所房子，等米娜二十一岁的时候，就归米娜所有。他说她是"我放在心口穿越七大洋的小丫头"。米娜很喜欢这样的想法，当她在位于福尔克纳路的家里的时候，她其实也在世界各地的异国他乡旅行。

在遗嘱里，还有一张折叠起来的纸，上面写着她的名字。那张纸上面说：

附言：记住。这只是一所房子。不要一直宅在里面。做一个自由的人。去世界各地旅行吧。

再附言：关于猴子的事，我很抱歉！

再再附言：我们没有时间经常见面，真的很抱歉。

再再再附言：好好生活。

再再再再附言：这个世界就是天堂。

再再再再再附言：我死了，很抱歉。（如果你在读这张纸，就意味着我已经死了！）

再再再再再再附言：再见了。很爱很爱你的外公。

之前，米娜几乎没怎么去过那所房子。那是一座三层的楼房，位于克劳路，靠近西顿公园。妈妈就是在那里出生的，可是也没有关于住在里面的什么记忆了。她三岁的时候，外公就开始到处旅行，她就和外婆一起搬到了一所小点的房子，在那里长大。

那所大房子一直都没有出售。妈妈说，那所房子在那里就是提醒着她，她的爸爸有一天会回来安定下来的，即便她和她的妈妈心里明白他不会的。

"那外婆还一直爱他吗?"有一天,米娜问道。

妈妈耸了耸肩,叹了口气。

"她说她是一直爱的。但是对于一个总是漂在七大洋上面的人,真的很难坚持爱下去。"她微笑着。"当然外婆本身也很有魅力啊,"她眨了眨眼,"有很多男人喜欢她呢。"

米娜慢慢长大的这些年里,有几年那所房子租给了几个学生。米娜记得有时候会看到他们——在屋子里进进出出,将自行车骑进门厅,在前门花园吃三明治、掷飞盘、弹吉他。她记得自己有时候会想,像那样和一群朋友住在一所大房子里,在花园掷飞盘是什么感觉,虽然她很难想象自己会有那么多朋友。然后,她想,或许我可以找一些和我很像的朋友,这样我们就能够忍受彼此了。

那些学生没有在里面住很久。房子渐渐变老了,需要装修,有些窗框开始腐烂,电路也需要修理。米娜的妈妈写信给外公告诉他这些。他说他很快会去解决。当然,她

们知道，他永远也不会的。所以米娜的妈妈就把房子锁上了，还用木板把窗户封了起来，最后在门口放了一张牌子，就简简单单地写着：

危险

很长时间以来，那所房子几乎被大家遗忘了。

那天下午，就在读完遗嘱之后，妈妈从一个抽屉里拿出那所房子的钥匙。她还找了一把手电筒，然后和米娜一起穿上旧衣服，走到克劳路，来到通往房子的深绿色大门前。妈妈打开了大门，她们穿过花园来到那扇摆着"危险"标识的门前。妈妈把这扇门也打开了。她推开门，让到一边，鞠了一躬。

"欢迎来到您的遗赠房屋，麦基小姐。"她用一种幽灵般的声音说道，然后引着米娜来到漆黑的屋里。

那所房子里的房间很大，地板空荡荡，墙上也空荡荡。

妈妈把手电筒往上面的角落照过去，上面是厚重的灰泥天花板，墙纸卷曲在墙壁上，天花板上还悬挂着灯具。到处都是蜘蛛网。地板上时不时蹿过什么小生物。一道道光线从窗户木板的缝隙里照进来。灰尘（皮肤！）在手电筒的光束里飞舞。她们爬上了宽宽的楼梯，脚步声在屋子里回荡着。

"这么大的房子，你要拿来做什么呢？"妈妈说。

"我当然要带很多仆人住在里面，"米娜说，"或者创办一所学校。"

"你说学校，小姐？"

"是的，一所可以随便写什么，可以进行特别活动的学校。"

她们爬了三道楼梯，最后的楼梯平台上，是几阶狭窄的楼梯。

妈妈停了下来。

"这是通往阁楼的，"她说，她直哆嗦，"我虽然几乎不记得在这所房子里生活的情景，但是我确实记得往这些楼梯上面看真的非常诡异。"

"诡异?"米娜说。

"是的，很恐怖，而且……很诡异。"

"我们上去吧。"米娜说。

妈妈后退了一步。

"我不敢?"

米娜在前面带路。那些楼梯非常狭窄。她走到阁楼门前，打开了门。

里面非常宽敞。阳光从拱形的窗户洒了进来，而那扇窗户之前并没有用木板封起来。窗户外面可以看见西顿公园，可以看见这座城市的屋顶、尖顶和塔顶，可以看见广阔无边的天空。那扇窗户坏了，玻璃散落在地板上。玻璃上到处是大坨鸟粪。

"看啊!"米娜说。

只见其中一面墙有一个窟窿，灰泥和砖头都已经掉落了。窟窿下面是更多的鸟粪，几根棕色和黑色的羽毛，还有一些毛球。妈妈把米娜往后拉了一步。

"鸟窝!"米娜压低声音说。

她慢慢地，慢慢地靠近。

"米娜，小心！"妈妈轻声说。

不过米娜一点也不害怕。墙上的窟窿差不多到她的头那么高。她踮起脚尖，朝着里面窥视。她看见一些带羽毛的身体躺在一起。她看见鸟儿呼吸的时候身体跟着晃动。

"哎呀，妈妈！哎呀，快来看看！"

妈妈走了过来。她也踮起脚尖，朝里面窥视着。

"猫头鹰！"妈妈轻声说，"白天睡觉，那肯定是猫头鹰了！"

她们惊奇地看了一会儿，然后慢慢退了回去。妈妈弯腰捡起两个毛球。

"猫头鹰的食茧。"妈妈说。

那些食茧就在门旁靠墙的位置。

妈妈用力把其中一个食茧拉开。然后将手里的羽毛、毛皮和小骨头给我看。

"它们会把猎物整个吞下去，"她说，"然后把消化不了的东西从胃里吐出来。"

她又捡起一个食茧放在米娜手里。米娜握在手里，这些毛球曾经是一只田鼠或者一只普通的老鼠。米娜看着它们的窝。她想象着那些猫头鹰从沉睡中醒来，从墙壁里钻出来，飞向这座城市的天空。她想象着它们在公园里寻找食物。

外面依然艳阳高照。

"妈妈，"她说，"我们待到晚上再走吧，我想看看它们飞出来的样子。"

妈妈回头看她的时候，眼睛里反射着天空的光泽。她瞥了一眼手表，还要再过至少一个小时天才会黑下来。不过米娜知道妈妈自己也被猫头鹰的景象所吸引了。

"它们要是攻击我们怎么办？"妈妈说。

"我们要做好准备。把门打开，然后趴在地上，随时准备把门再关上。"

于是她们真的这样做了。她们趴在楼梯上等待着。窗外的天空渐渐黑了下来。她们紧紧依偎着彼此，都能够听到彼此的心跳声。

"我不知道该做点什么，"妈妈说，"我们要把窗户修一修，不然屋里会变得很潮。"

"但是那些猫头鹰怎么办。"米娜说。

"我知道。"妈妈说。她摇了摇头，"它们为什么要在屋里筑窝呢？应该在公园里、在树上筑窝的呀。"

米娜微笑了。妈妈说的对，真是太奇怪了。它们是猫头鹰，属于美梦和夜晚的生物，却在她的房子里筑窝了！

"我感觉很不舒服，"妈妈说，"我的膝盖都酸了。什么样的傻女人才会干这样的事啊？本来应该有很多其他正常的事情要做的。"

"像你这样的傻女人啊，"米娜说，"很快就能等到啦。"

阁楼里越来越黑。外面的天空变成橙色、红色然后是墨蓝色，再然后银白色的月光洒了下来。她们依然一动不动地趴在那里。呼吸也变得更加平缓了。

"真是智慧的鸟儿，"妈妈轻声说，"据说它们能够看到隐藏的秘密东西。"

"那它们在屋里，我们应该很欢迎啊。"

"是的，我们应该很欢迎。"

她们一直盯着猫头鹰的窝看着，然后心脏怦怦跳了起来。窝里有动静了，先是羽毛的沙沙声，接着突然传来一声刺耳的尖叫。

米娜和妈妈吓得喘着粗气。一只鸟儿现在就站在那墙上的窟窿里：黑亮亮的羽毛，亮闪闪的眼睛。她们看见这只鸟回头望了望，然后其他鸟儿也出来了。妈妈拉着门的边框，随时准备把门猛地关上。随着又一声低沉的尖叫，鸟儿一跃飞了起来，在屋子上空围成一个圆圈，看起来有很多。它们在月光下的窗台上停了一会儿，又一跃飞入了黑夜。

她们站了起来，喘着粗气，咯咯笑了起来。看到刚才的场景，真的太激动了。

"真精彩！"米娜低声说，在远处的地方又传来一阵尖叫。

嘟嘟——嘟嘟——嘟嘟——嘟嘟。

"那窗户就这样吧。"妈妈说。

"不，不要这样。"米娜说。她从地板上捡起一块破砖，来到了窗户边，把窗台上的草又敲掉了一些，让那开口变得更宽阔更安全。她向外眺望着，幻想着自己像那些鸟儿一样跳起来，就像很久以前故事里的伊卡洛斯一样。她幻想着自己展开双翅，在这个城市的上空翱翔。

然后她们就离开了阁楼。到了楼梯间的时候，米娜感觉有个小小的生物围绕在她的脚边。

"啊！"她倒吸了一口气，然后微笑了起来。

"这是？"妈妈说。

"我熟悉的小伙伴呀，"米娜说，"我喊它悄悄。"

随后，回到家里，在厨房的桌子边，米娜用重黏土捏了几个猫头鹰的模型，放在了桌子上。她在一碗热水里打开猫头鹰的食茧，把一块块毛皮和骨头分开，把那曾经是田鼠或普通老鼠的碎片放在桌子上。真不可思议！它曾经活蹦乱跳，然后被猫头鹰杀害，进入猫头鹰的胃里，结果又出来了。现在它就在她的手指上，在她的掌心里，在桌子上靠着一个猫头鹰的模型。后来，在梦里，她的那些猫头鹰就像灵魂一样轻盈，她和它们一起在夜空中飞翔。

猫头鹰

你飞翔在天鹅绒般的黑夜

你看到那无法看到的

你听到那无法听到的

借我你的羽毛

借我你的骨头和翅膀

借我你的眼睛

借我你的耳朵和爪子

借我你的心

就像你那样跃起

飞入那不可思议的夜

学习评估测验日，GLIBBERTYSNARK 和 CLAMINOSITY*

因为写作文，我总是惹到丝格勒瑞老师。她说我让她很恼火。

"你本来可以成为我的一个好学生的，米娜·麦基——我曾经最引以为荣的一个好学生，可以这么说。但是你却不断让我失望！你辜负了学校，辜负了你可怜的妈妈，最重要的是，你辜负了你自己，而且是一次一次又一次。你真是一个愚蠢、任性又没纪律的孩子。你不好好把精力放在手头的作业上，就知道在那里玩，还沉浸在你自己的世界和那些愚蠢的小怪癖里！"

沉浸在自己的世界？那可完全不是我想要的。我想要消失。我根本不想在那里！

---

* GLIBBERTYSNARK 和 CLAMINOSITY 为后文米娜自创单词，故不翻译，保持原文。——译者注

就是从学习评估测验那天，事情变得尖锐起来。那天，她本来平静又亲切，可是后来她就开始在整个班级面前大声尖叫起来。她咆哮道，说我满脑子都是一些愚蠢的不切实际的东西。她双手叉腰，直直地瞪着我吼道：

"该死的米娜·麦基。真是笨得要死，太丢人现眼了！"

该死的。她在全班同学面前用了这个词。从来没听说过这样的事！一个老师会在全班同学面前用这个词！这说明这件事情到底有多糟糕！

可是也没有什么意义。那天是学习评估测验日！学习评估测验日！啊！所有人都必须保持平静！没有什么特别的！但是所有人都很紧张！所有人都很害怕！所有人都关注于要确保学校能够达到标准！所有人都特别在意大家能不能超过我们这个年纪孩子的全国水平！所有人都特别在意我们能不能通过等级4、等级5和等级99！虽然我们并不该为此太过激动！我们应该就把这一天当做很普通的一天！根本就不是什么测验！只是检查一下圣彼得中学里的一切是不是都进展得顺利！根本不该用这个来测试孩子！只是来测验学校的！所以根本就和孩子没什么关系！所以，别太激动！不要担心了！放松点吧！放松点吧！只不过是很普通的一天！不过测验日就是测验日！是测验日！

啊啊啊啊啊啊啊啊啊！这一天啊！

这一天安安静静地开始。我们坐在教室里，有些孩子神经非常紧张，紧紧地抓着桌子的边沿，还有一些，比如苏菲这样的，正咬着嘴唇，还有一些没精打采地坐在那儿，一点也不在乎。有些泰然自若，准备充分，面带微笑——就像萨曼莎——把新买的钢笔和铅笔拿出来摆在面前的桌子上。

丝格勒瑞老师看起来好像一夜都被鬼缠身似的。她的头发翘着，口红都快退没了。衣服扣子全都扣错，双手在发抖。她从讲台后面瞪着发红的眼睛望着我们。

"记住，"她用一种尖利颤动的声音说道，"孩子们，你

们要全力以赴，发挥出最好的水平，"她又特别瞥了一眼那些她觉得最聪明的孩子，比如我，"要全力以赴。请你们一定要全力以赴……"

我觉得她很可怜。真的。我觉得应该有人站起来走到她身边给她一个大大的拥抱，然后说：

"别担心，丝格勒瑞老师。都会好起来的。"

不过没有人那样做。

然后她把试卷发了下来。在她宣布考试开始之前，我们的试卷都要面朝下放在桌子上。直到她说：

"把试卷翻过来吧，可以开始答题了。"

我的天啊，真的受不了这样。为什么一定要写他们告诉我要写的，就只是因为他们告诉我要写？这有什么意义呢？为什么我必须要写，就是因为学校还有学校里的所有人都如此愚蠢地感受到巨大的压力？为什么我要写，让人可以说我远远低于或者远远高于平均水平。什么平均水平？那些发现自己远远低于平均水平的同学会怎么样？这样做的意义在哪里？他们接下来的生命里会有什么样的感受？难道威廉·布莱克写诗就是因为别人让他这么做的吗？那他又达到了什么样的等级？

羔羊，是谁创造了你
你可知是谁创造了你

这是什么水平？还有莎士比亚呢？"不惮辛劳不惮烦，釜中沸沫已成澜！"这又是什么水平？莎士比亚是不是曾经远远超过平均水平？还有狄更斯、乔叟、济慈、雪莉·休斯、莫里斯·桑达克、迈克尔·罗森呢？他们都参加过这愚蠢的学习评估测验吗？我想没有！

我朝窗外望了一会儿。那天外面没有飞虫在飞舞，虽然阳光格外灿烂，一小阵的阵雨留在草叶上的水珠在阳光下闪闪发光。或许我要写一写这些，或者写一写来回翻翻飞的鸟儿。或者还有窗框边缘剥落的油漆，它们形成一个好看的图案。再或者我会写一篇关于丝格勒瑞老师晚上被鬼缠身的故事。我听到有人小声喊我的名字，米娜·麦基。

我抬起了头。丝格勒瑞老师正怒视着我。其他同学都在埋着头写自己的作文。丝格勒瑞老师又小声喊了一遍我的名字。我看着她，朝她点了点头，叹了一口气。可怜的丝格勒瑞老师。我读了读试卷上第一条说明——"请描述一个忙碌的地方。"我的天啊。我又抬头看了看。校长正从教室正门上的玻璃窗往里看。他看起来也是被鬼缠身了似的，好像随时都能哭出来。他的眼神与我对视了，他用嘴形说着：**快写吧。别担心！开始写吧。**可怜的人啊。所以我朝他微笑，点点头，耸了耸肩，开始写了起来。下面就是我所写的内容。

（这两页是米娜所谓的作文，全是自造的单词。）

GLIBBERTYSNARK

In thi biginin glibbertysnark woz doon in the woositinimana. Golgy golgy golgy thang, wiss wandigle. Oliotoshin under smiffer yes! Glibbering mornikles which was o so diggibunish. Hoy it! Hoy it! Then woz won so stidderuppickle. Aye aye woz the replifing clud. Yes! Clud is cludderish thats trew. Tickles und ticklin woz the rest ov that neet dun thar in the dokniss; An the crippy cralies crippin unda the path doon thar. Howzit! Woz the yel. Howzit! Sumwun nose a sekritish thang an wil holed it unda. Aye! Unda! So hoy it! Naa. It is two riddish a thang for hoyin. So giv it not a thowt. Arl wil be in the wel in the wel ay depe don in the wel. An on it goze an on an on an on an on an on an on an on til the middlishniss is nere. An the glibbertysnark wil raze oot the woositinimana an

to the blewniss wi the burds an clowds an clowds this loke lyke clowns. An wil laff laff laff. An wil yel Hoy it! Hoy it! Til the lasst ov the daze wen we wil no a ansa. So pond the glibbertysnark an the olitoshin an kip way ov mornikles. Yel howzit an hoy it! Til the bels is ringerish. An rite words for scullery an hedteechery coz ov the gosts an goolys an the sats an orl wil be wel wel wel. In conclooshun woopwoopwoopiness is pringersticks wif strattikipiness coz the ansa iz hidin in the cludderish claminosity wer the clowdiwinkling quakilstrator iz. Luk no wer wer the blippistrakor ov munomintelish plirders iz. Ther. Is dun. Hoy it! Hoy it! Hoy it! Til the coos cum bak acros the flisterin feeld unda the mistrictacular moooooon. Flap! An ther rite now its endid. Pop!

成绩：

丝格勒瑞老师：不理想。"该死的米娜·麦基丢人"体

（见上文）

校长：不理想。"你以为你是谁请你妈妈来"体

获得等级：等级 0 远远远远远远低于平均水平

妈妈：非常伤心，非常善良

非常确定

米娜：创造了新词

（Glibbertysnark! Oliotoshin!

Claminosity! Blippistrakor!）

所以：非常理想。

离开学校！

因此：非常非常非常理想！

我觉得我在这么短的时间里已经做得够好了。他们甚至连一遍都没有读完。丝格勒瑞举着我的试卷，就好像试卷有毒似的。她又用了"该死的"。她来到那个她说我该死、丢脸的位置，然后俯身向下，脸几乎贴到我的脸了。有那么一会儿，我真想轻轻抚摸一下那张脸。她看起来啊，那么焦虑不安。我想说："哎呀，丝格勒瑞老师，没事的。就只是写了篇作文而已。我并不想要伤害你。看啊，有些地方还是很可爱的。别生气啦，亲爱的。冷静下来。我确定萨曼莎的试卷达到了漂亮的等级5。"

可我什么也说不出来。我只是同样盯着她的眼睛。

"你，"她艰难地对着我的脸低声说道，"你，这位同学。"

"我？"我也低声反问道。

"说的就是你！"

她把我领到校长那里，把作文给他看。校长看着我的试卷，仿佛那又是一个会来缠着他的鬼魂一样。他把试卷举起来，脸扭曲着，仿佛那是一件非常非常危险、臭烘烘、有毒的东西。

"这,"他说,"这是什么东西?"

"作文啊。"我说。

"写的什么?"

"作文啊,校长。"

"你觉得这是什么作文?"

他瞪着眼睛。他怒气冲冲。他咬牙切齿。他真的想知道吗?

"那是胡言乱语,校长。"我说。

"确实,这位同学。确实是胡言乱语!这是一张整个、完全、彻底、愚蠢的胡言乱语!"

我看他都想骂人了,就像丝格勒瑞老师一样。我想告诉他,说我是完全该死的丢人的学生也无所谓,如果他真想那么说的话。*我想告诉他,他甚至可以用更糟糕的语言,

---

* 关于骂人的想法。是的,我知道骂人非常不好,而且骂人的话也非常非常不好。但是有些时候,真的没有别的方式可以解决问题——不然怎么会有骂人的话?我知道你本不想说这些,但是有些时候骂人的话可能非常好听,而且在舌头上感觉很好,说出来也很好。(我不认为丝格勒瑞老师会同意这些,虽然她老是说那些该死的丢人的话。)

如果能让他感觉好一些的话。我一点也不介意。不过我想我最好还是不要说这些。

"我知道的，校长。"我只是说。

"哎呀，你知道的，难道不是吗？所以你觉得你是谁啊？你有什么权力去……"

"我不知道，校长。有时候我也很想知道，我是谁？我在做什么……"

丝格勒瑞老师叹了一口气，她紧紧握着校长的桌子边沿。

"你参加简单课程了吗，同学？"校长说。

"没有，校长。"

丝格勒瑞老师又叹了一口气。

"多琳!"校长喊道。

多琳从隔壁房间进来了，多琳是校长的秘书。

"有什么事吗，校长？"多琳问。

"我需要这位同学的电话号码，多琳。"

我刚要说我知道，他瞪了我一眼没让我说。

多琳出去了，回来的时候拿着号码。

"谢谢你，多琳，"校长说，"其他暂时没什么事了。"

他拿起电话，拨了号码。她给麦基太太讲了她女儿的事情。他说如果方便的话，希望她现在能过来一趟。

"不是，"他说，"她没有什么意外，麦基太太，但是不知道能不能当面和您谈一谈。"

他放下了电话。

"她马上就来。"他说。

"不会很久的，"我说，"我们就住在……"

"我们知道你住在哪里！"校长说，"不要再说任何话了，非常感谢！丝格勒瑞老师，喝杯水吗？你看起来有点……"

"哎，好的，校长。谢谢您，校长。"丝格勒瑞老师说。

"坐下吧，丝格勒瑞老师。多琳！请你给丝格勒瑞老师倒杯水。"

多琳倒了一杯水来。他们坐了下来。我站着。我们安静地等着。我盯着墙上的一幅画，画上是一碗看起来非常好吃的水果。我想象着校长心情不好的时候（比如今天），

盯着这水果，想着自己如果不做校长的话，还可以做什么。一根香蕉，比如说。或者一颗李子，再或者一串葡萄。我试图把校长想象成一串葡萄。如果那样的话，他应该会更开心点吧。

几分钟过去了。麦基太太来了，多琳把她带了进来。

"非常感谢您能来，麦基太太。"校长说。

"没关系的，"麦基太太说。她望着自己的女儿，"不过，到底……"

"麦基太太，"校长说，"我们叫您来，是有很重要的事情，"他举起那页作文，"我能请您读一读……这篇东西吗？"

漂亮的麦基太太从他手中把那张纸接了过来。她读了一遍。她把那些美好的单词都用声音读了出来。她叹息着，微笑着，摇着头。她举着那页纸，就好像举着很珍贵的东西一样。

"这个，"校长说，"或许是这一学年来她需要写的最重要的作文了。或许也是她作为这所学校学生的几年里需要写的最重要的作文了。她倒好，就给我们交了个这东西！”

麦基太太叹息着。

"哎，米娜，"她说，"我们该拿你怎么办呢？"

"我也不知道，妈妈。"我说。

然后她拥抱了我，就在校长的办公室里，而校长和丝格勒瑞老师都在看着。校长说：

"麦基太太……"

不过她举起手示意他不要再继续说了。

"您不需要再说什么了，校长。"她说。

"所以您明白了问题的严重性？"校长说。

"我当然知道，"麦基太太说，"所以我觉得我现在要把我女儿带回家。我觉得一段时间内她也不会回来了，再见。"

她走出了办公室，过了走廊，经过教室，走出正门，然后穿过校园，出了校园的大门，来到了外面的世界。

我们在阳光下缓缓朝着家里走去。在回家的路上我们在公园停了下来。我们吃了冰激凌，一边吃一边赞叹着它的美味。我们坐在灌木丛旁边的一把长椅上，灌木丛里开

着灿烂的红玫瑰。我们望着穿着白色衣服的人们在美丽的绿草坪上玩保龄球。棕色的球互相碰撞着，发出啪啪声和砰砰声。穿着白色衣服的人们谈笑风生。有人在什么地方唱着一首非常好听的歌儿。近处，一个小男孩从一个小山坡上滚了下来，咯咯笑着，站了起来然后跑到他妈妈身边亲了亲她，又跑到小山坡上开始往下滚。阳光下的一切那么美好，那么温暖。天空湛蓝无比，蜜蜂嗡嗡飞着，蝴蝶翩翩起舞。一条狗在追着一个球。一群鸿雁嘎嘎叫着从头顶飞过。树尖在微风中摇摆着。

"真的很 diggibunish。"妈妈说。

"是的，"我说，"而且也非常 pringersticks。"

当我们回到家，妈妈把那篇 GLIBBERTYSNAEK 钉在了厨房的墙上。我们一起看着它，这确实是我这一学年来写得最重要的作文了。我现在成了一名在家学习的女生，真是非常非常非常非常非常非常非常理想。非常。

妈妈用手臂环着我，我们微笑着，感觉心里满满的claminosity。

特别活动

写一篇完全胡言乱语的东西

这样可以创造一些非常好的新单词

不过也可能导致一些非常敏感的结果

鸟蛋，小鸟，肚子，婴儿，以及诗歌

我在树上，乌鸫下蛋了！一共三颗，青绿色，带着棕色的斑点，真的好漂亮！我就知道有不同寻常的事情发生了。鸟儿非常安静。空气仿佛静止了。我继续往上爬，一直爬到可以低头看到鸟窝——蛋就在里面，一共三颗，美丽的窝里躺着美丽的蛋。青绿色带着棕色斑点，好漂亮。青绿色点缀着斑斑点点的棕色，好漂亮。我差点欢呼起来，不过我制止了自己。真想把鸟儿握在手心，对它们大加赞美，不过它们凭什么要注意到我呢？又凭什么要关心我在想什么？不过不管怎样，我都在内心深处这样说道："**好棒，乌鸫！真厉害！你们创造了世界上最奇妙的东西！你们创造了新的宇宙！**"

也许它们不知怎地听见了我的声音，肯定也看见我了，因为它们发出了粗而响亮的警报信号，所以我只好蜿蜒来到下面我以前常常待的那根树枝上，在这里它们可以放心地无视我的存在。我高兴地叹了口气。小鸟就要出生啦！

然后，我看见那家人又出现在迈尔斯先生的房门口。那个可怜的小男孩和以前一样不耐烦。他又朝着地上踢了一脚，就好像要破坏那地面一样。可怜的小伙子。看起来他才需要吃他们想给我吃的那种药片呢，他才需要去科斯林大街学生收容处呢。高兴点吧！我想大喊。你身边有妈妈还有爸爸呢！你马上还要有弟弟或者妹妹呢！

他的妈妈和爸爸微笑着。他妈妈托着肚子，我可以看到她肚子的形状就像一颗蛋。我必须控制自己不要从树上跳下来，沿着街跑过去告诉她，她真的很厉害！

"太好了！" 我在内心呼喊，**"这附近该有什么出生了！买下房子吧！这样春天的时候，福尔克纳路就有一个婴儿和一群小鸟要出生啦！"**

也许她莫名其妙地听到了我的声音。她转过了头，但是我确信她看不见我，因为我旁边有树叶挡着呢。啊，她看起来很友好！他们看起来都很友好。他们有一把钥匙，他们打开门走了进去。我想象着他们在尘土之间走动，想

象着他们的皮肤和迈尔斯先生的皮肤混合在一起，他们的呼吸和他的呼吸混合在一起，他们的生活和他的生活、他的死亡混合在一起。我向后靠在了树上。我闭上眼睛，想着那个有着蛋一样肚子的女人。我很想知道——如果爸爸没有去世的话，妈妈会不会也会有个那样的肚子呢？

蛋

我坐

在树上，膝盖靠在胸口。放

空脑袋，忘掉我的名字叫作米娜。我对这

个世界一无所知。我对一切都一无所知。我在一颗

蛋里。我是一个秘密的、隐藏的、尚未形成的东西。一

只小鸟，在黏黏的糊状物中成长。小小的骨头、羽毛、爪

子、眼睛、大脑在我身体里渐渐形成。我坐在这里，坐了很

久很久，坐在树的深处，深深沉溺在我的思想里，深

深沉溺在那颗蛋里，在这青绿色的黑暗中蜷缩着，

等待着用嘴破壳而出的那一刻，等待着再次

出生，等待着成为一只

小鸟。

接着，我开始画：鸟儿、树叶和大树，并沉迷于此。一只金翅雀扑着翅膀从上面的树枝穿了过去。接着又来了一只，是它的同伴。我想起去年秋天，有一阵一小群金翅雀从这里飞过。等时间到的时候，它们还会飞过来的。我把这些告诉妈妈，妈妈告诉我一群金翅雀是好运的象征。一群好运的金翅雀！多美啊？

我望着今天的那只金翅雀。就在那里：黑色、金色、红色、褐色、白色在绿色的树叶中间忽隐忽现。它出发啦，自由地朝着蓝天飞去。金翅雀知道自己有多漂亮吗？其他鸟儿知道吗？它知道自己的歌声多美妙吗？如果它知道，也许它就不会再这样漂亮，不会再这样吸引人了。曾经，金翅雀是捕鸟人的最爱。如果金翅雀知道这些，它们肯定会钻进泥里洗个澡，直到全身都变成脏兮兮的棕色。它们会发出响亮而粗犷的叫声，或者刺耳的尖叫声，再或者就保持沉默，也不会再大声鸣叫。它们会把自己藏在黑暗荒凉的地方，不会再扑扇着翅膀掠过人们的花园，不会再唱那些悠扬的歌儿。然而金翅雀一点也不知道这些邪恶而愚蠢的事情，所以继续飞着、唱着，结果被网捉住，关进笼子里，被卖了换钱。最后，这些笼子被挂在天花板上，放在餐具柜、书架或者窗台上，而它们继续唱着歌儿。它们的歌声里一定也充满着渴望和痛苦。它们的歌声盖过它们那无聊的监狱看守愚蠢无聊的对话。想想看吧！想想那些愚蠢的人，捕了鸟，把它们放进笼子里！多无聊！多愚蠢！我们现在不会把金翅雀放进笼子了。不过世界上还有很多很多捕鸟人——那些将捕捉思想、将灵魂关进笼子里的人。那帮捕鸟人该叫什么？

一群愚蠢的捕鸟人！

一群无聊的捕鸟人！

一群罪恶的捕鸟人！

一群学校的捕鸟人！

一群丝格勒瑞似的捕鸟人！

它们飞走了，那群迷人的金翅雀。飞呀飞呀，金翅

雀！一边唱着，一边飞着！

现在我坐在树中间等待着。坐在那蓝绿色的光斑中。把笔记本放在膝盖上。我望着迈尔斯先生的房子。那里没有什么动静。我开始在本子上写字。

<blockquote>
我坐在树中

像鸟儿一样歌唱

喙是我的笔

歌是我的诗
</blockquote>

我用我的名字和笔想出了一首图像诗。丝格勒瑞老师说的没错。米娜·麦基真的是坚硬如铁！

米　　娜
如　　铁
铁　　如
娜　　米

我继续玩着单词和笔。那空白的纸页，仿佛一片空荡的天空等着鸟儿飞过。我想象着一群迷人的金翅雀自由自在地从天空飞过。我想象着它们从视线里消失，而天空和纸页又变得空荡荡了。我又想起了另一只鸟儿，那是一只云雀。我想象着它在纸页上朝着上面飞。我回想起那个特别的事实，就是云雀是和其他的鸟儿不一样的，它从地上起飞的时候在歌唱，在天空中盘旋的时候在歌唱，落下来的时候依然在歌唱。云雀似乎真的一直乘着歌声飞翔的！

歌唱　歌唱　歌唱　盘旋　歌唱　歌唱　歌唱
歌唱　歌唱　盘旋　歌唱　歌唱　歌唱　盘旋　歌唱　盘旋
盘旋　盘旋的时候歌唱　盘旋　歌唱　盘旋　盘旋　盘旋
歌唱　　歌唱

当它　　　　　　　　　　云雀啊
唱啊　　　　　　　　　　　　当它
　　　唱啊　　　　　　降落时
唱啊　　　　　　　　　　　唱啊
　　　唱啊　　　　唱啊
唱啊　　　　　　　　　唱啊
　　它飞起了　　　　　　　　唱啊
　一边飞起　　　　　唱啊
　一边歌唱　　　　　唱啊
　　　当它　　　　　　　唱啊
　飞起时　　　　　　　唱啊
　　　唱啊　　　　　　唱啊
唱啊　　　　　　　　　唱啊
　　唱啊　　　　　　　唱啊
唱啊　　　　　　　　　唱啊
　　　当它　　　　　　　唱啊
　飞起时　　　　　　　唱啊
　唱啊　　　　　　　唱啊
　　唱啊　　　　　唱啊
　唱啊　　　　　　　唱啊
　唱啊　　　　　　唱啊
一边飞起　　　　　　　当它
　　一边歌唱　　　降落时
　云雀啊　　　　　　一边降落
　　一边歌唱

当我写着那高高在上的云雀时，我看见低低在下的悄悄。它就在那里，在阴影中潜行。那黑猫正在捕猎，或许是在寻找老鼠。那些受害者啊。

黑色的野兽

黑色的动物黑色的野兽

来自黑暗的生物

来自地下世界的生物

来自死亡之屋的生物

黑丝绒般的生物就像黑丝绒般的黑夜

黑色的野兽潜行着

在我古怪的梦中

黑色的野兽呜呜呜

在我鲜红鲜红的心脏中

黑色的野兽吼叫着

在我渴望的灵魂中

黑色的野兽黑色的动物

你的血液就是我的血液

你的爪子就是我的爪子

你的皮毛就是我的皮毛

你的心脏就是我的心脏

你从黑暗中来到我身边

你是来自最深的黑暗中的我黑色黑色的野兽

你就是我的悄悄

我在蓝绿色的光斑中写来写去似乎写了好几个小时。我的脑子和我的手一起平稳地移动着，我沉浸在我的思想之中，沉浸在文字当中，一分钟又一分钟过去了，在那蓝绿色的鸟蛋秘密的、隐蔽的中心，那个秘密的、隐蔽的动物在成长。

然后我眨了眨眼，抬头看了看，那个家庭又来到了街道上。我藏在这里他们看不见，而我的歌是静默的，所以他们也不知道我在这儿。我从树叶之间看过去。

那个男孩和以前一样阴沉着脸。

他的父母都很高兴。

他们开着那小小的蓝色车子离开了。

我望着他们离开了街道，也离开了我的纸页。

我想着文字和世界之间微妙的联系，笔很快又移动了起来，就好像此时此刻在这蓝绿色的下午，在这蓝绿色的鸟蛋旁边，我不能停下书写一样。

谁?

我坐在树上,拿着一本笔记本,一支笔,开始写。

比如:

"有一个男孩、一个女人和一个男人在街上,他们进了一所房子,这所房子以前住着一个叫做欧尼·迈尔斯的人。"

比如:

"有一只猫叫做悄悄,他悄悄从屋子溜走,来到屋子后面杂草丛生的花园。"

再比如:

"乌鸫筑好了窝,里面有三只蓝绿色带褐色斑点的蛋。"

就这样,他们都出现在我的笔记本中:

那个男孩、那个女人、那个男人,那只猫,

那所房子,那个花园,

那些乌鸫,还有那棵树,那些鸟蛋和鸟窝。

有时我迟疑,

有时我好奇,

有没有人会写:

"有一个女孩叫米娜,她正坐在树上。"

有没有人会写:

"有时她迟疑,有时她好奇。"

如果有的话,会是谁呢?

谁会写一写米娜?

谁会写一写我?

西红柿意大利面，以及一个梦

我可以一直写一直写，直到夜幕降临，可妈妈在喊我回家。我从树上爬下来，感觉一切如此奇怪，仿佛我是从一个梦中走出来的。或者是从一首诗、一个故事中走出来的，或者我本身就是一首诗、一个故事。再或者像是从一颗蛋中出来！西红柿意大利面让我觉得一切变回了平常的样子。西红柿意大利面！我用叉子卷起来，放入口中。吧唧吧唧地吃着挂在叉子上的意大利面！我舔掉滴到下巴上的酱汁。把面在嘴里嚼着，来回滚动着。好吃！真好吃！世界上所有已知的东西当中最好吃的东西之一！

西红柿意大利面！

西红柿意大利面！

妈妈说，有一天我们会一起去意大利吃西红柿意大利面。我们还要吃帕玛森干酪、巴玛火腿、意大利炖饭、橄榄、大蒜、意大利宽面、冰激凌、提拉米苏、萨芭雍。在这些食物的原产地，味道会比其他任何地方都好得多。我现在不怎么旅行，不过妈妈说以后会去的，等我们有足够的钱的时候。

吃完了意大利面，美味的西红柿大蒜味道还留在我的舌尖，我们坐在沙发上吃冰激凌的时候，窗外的太阳正渐渐往西边落下。

我告诉妈妈乌鸫下了蛋，告诉她那些金翅雀，还有看了迈尔斯房子的那个家庭，他们似乎很快就要搬进去了。

然后，我们就静静地坐着，望着天空随着太阳西下变得越来越暗、越来越红。我们看见鸟儿们扇动着翅膀回窝了。我们看见好远好远的地方有一架飞机，哎呀，飞得真高。我想着那些鸟穿越世界的旅行真让人惊叹。我想着我某天也要出发的旅行。

"博洛尼亚。"我轻轻说。

她微笑着。有时候，我们会这样，把未来我们会去的

地方列出来。

"安达卢西亚。"

"卢克索。"

"特立尼达岛。"

"西顿斯卢斯。"

我们现在之所以钱很少，是因为我离开学校之后她大大削减了工作时间，这样她就能好好照顾我，也有时间教我了。不过她从来没提过这些。她只是说在真正动身之前，我只能在脑海里旅行了。

"还可以在梦里。"我说。

"是的，你也可以在梦里旅行。"

"去阿什比。"我说。

"或者符拉迪沃斯托克。"

"科里弗雷肯湾，特立尼达，秘鲁。"

窗外的天空差不多全黑了。

"我今天发现了一件很有意思的事情。"她说。

"是吗？"

"是啊。好像有些鸟儿是夜里飞行的，边飞边睡。"

"边飞边睡？"

"是的。"

"什么鸟？"

"雨燕，好像是。"

想想那场景我笑了起来。

"约翰欧格罗兹村。"

"凯里郡。"

"艾尔斯岩石。"

"拉萨。"

后来，我准备睡觉之前，用大头针把写了一些词的便签钉在了墙上，希望可以梦见。

国际安徒生奖儿童小说

今晚边飞边睡

米娜的梦

刚开始，根本就不像在做梦。倒像是刚醒来。米娜发现自己在自己的卧室，那真的很像是她自己的卧室。然后她才意识到有两个米娜。一个米娜在床上熟睡着，另一个米娜站在床边低头望着躺在床上的那个米娜。

"真奇怪，"她想，"我在看我自己。怎么可能会这样？"

这样想着，她漂浮到了天花板。而躺在床上的米娜没有动静。漂浮的米娜看见她和床上的米娜之间有根闪闪发亮的银色绳索。绳索将两个米娜相连，虽然她们两个是分开的。漂浮的米娜很好奇自己会不会感觉所发生的这一切如此可怕，然而似乎根本没有什么可怕的。她低头望着自己，望着那苍白的睡着的脸、闭着的睡着的眼睛还有乌黑的头发。她看见羽绒被随着米娜的呼吸轻轻起伏。一切看起来如此平静，如此舒适。她微笑着，继续往上漂浮，穿过天花板，一直来到上面漆黑的阁楼。她看到一箱箱自

己以前的旧玩具堆在那里，还有一箱箱妈妈的写字纸，一箱箱圣诞节装饰品和旧书。那条闪闪发亮的银色绳索现在穿过阁楼的地板连接着已经看不见的床上的米娜。她继续往上漂浮着，穿过屋顶，现在悬在屋子上面，夜晚的月亮和星星抬头可见，而下面就可以看到家里的房子和福尔克纳路。那条闪闪发亮的银色绳索穿过屋顶的石板瓦连接着床上的米娜。她喘着粗气，突然有一会儿那绳索好像变紧了，仿佛要把她拉回到她来的地方。不过她轻轻对自己说：

"别害怕，米娜。先别停下来呢。"

然后，绳索松开了，她继续往上漂浮，距离房子和街道越来越远，她看见一串串街灯，看见漆黑的公园，看见整个城市，以及穿过城市的微微发光的河流，看见盘旋的高速公路、通往荒野的小路，看见漆黑无边的大海倒映着月亮和星星，看见灯塔旋转的灯光，看见远处的大海上一只孤独的船发出的灯光。

她笑了。

"我在旅行！"她说，"我要去西顿水闸！"

说出这个海滨小镇的名字的时候，她又下降了，发现自己正悬在这个在她醒着的生命中来过几次的小镇。一切都还在那里——长长的海滩，翻滚的波浪，海岬上的白色小旅馆，拴着的小渔船，流向大海的窄窄的河流。

银色绳索摆动着，闪烁着微光。那绳索在她和她来的地方之间伸展着，将西顿水闸的米娜和床上的米娜连接在一起。

她盘旋着，惊叹着。

"开罗！"她轻轻说。

她又升了起来，然后朝着东方，穿过北海，穿过整个欧洲大陆，越过一个个繁华的城市和积雪覆盖的山顶，她望着下面，心里想着："那一定是阿姆斯特丹！阿尔卑斯山脉！米兰！贝尔格莱德！雅典！然后她又穿过地中海来到非洲北部的海岸，那里已是拂晓。"

她看见开罗这个落满尘埃的伟大城市，听到城市的喧嚣与轰鸣，看见边缘的埃及金字塔耸立在荒漠中。她又靠

近了一些，漂浮在巨大金字塔的尖顶上。她朝着下面轻轻放松自己，最后站在了那里，就在伟大吉萨金字塔的尖顶上，望着其他的金字塔和巨大的狮身人面像，视线内一边是荒漠，一边是开罗。她高兴得颤抖着。

连接在金字塔上的米娜和床上的米娜之间的银色绳索突然又变紧了，她又漂浮了起来，回到了西边，而那里还是深夜。

她又经过了欧洲，比她来的时候速度还要快。她停了下来，在高高的天上，悬在云层之上，那云朵就像是一块块零散的轻薄面纱飘扬在她和大地之间。欧洲的一座座城市就像是遥远的星团，就像星系一样。

她迅速下坠来到了罗马。她看见了街灯和街道上行驶的几辆车的车头灯。她激动地深吸一口气，因为看到了泛光灯照明的罗马斗兽场还有圣彼得广场、特莱维喷泉。这些地方至今她还只在书本里见到过。然后，那绳索把她拖得更紧更快了，她又飞了起来。下面的土地变得一片模糊。

"就再多去一个地方吧！"她想，"杜伦！"

然后她看见了大教堂和城堡，还有围绕着它们的蜿蜒河流。东方黎明的光线渐渐升起，仿佛在追赶着她。她叹了一口气，说："好了！回床上吧！"瞬间，她就回到了公园上空，而银色的绳索摇摆着，发着微光，把她拉回了家。

伴着从窗子透进来的第一缕清晨的阳光和外面鸟儿欢愉的合唱，她醒来了。

"秘鲁，"她讷讷地说，"艾利斯斯普林斯，符拉迪沃斯托克。这些地方我也都要去。"

特别活动

去睡觉。

一边睡，一边飞。

一边飞，一边睡。

科斯林大街的故事

时间一天一天过得飞快。或许很快春天就彻底来了。那个家庭已经买了房子。男孩的爸爸妈妈带来了梯子、水桶、拖把和刷子。他们每次都要清理、擦洗好几个小时。每天，我都会爬到高高的树上。每天，乌鸫都呱呱叫着：退后，姑娘！呱呱！你太危险了！呱呱！

现在，我坐在我房间靠窗的桌前，是时候讲讲科斯林大街学生收容处的故事了。

当妈妈说她想带我离开学校、亲自在家教我的时候，理事会的一个男人和一个女人来到了这里。我不记得他们的名字，或许是帕拉瓦女士和特伦齐先生。他们一起坐在沙发上，喝着茶，小口咬着饼干，试图让自己看起来更关切这件事，哦，如此重视。帕拉瓦女士（我注意到，她一口无花果夹心卷也没吃）用眼角的余光望着我。我坐在钢琴凳上，端正又规矩。他们说，从法律上来讲，妈妈当然

是有权利做这个决定的。不过我们真的知道其中的含义吗？在家学习意味着会极大地消耗妈妈的精力和时间。我们没有学校的设施，我也将无法享受到同龄孩子的陪伴。妈妈说这些问题我们都考虑过，而且已经做好了充分的准备。她说我们会很开心的，而且这个计划也不会持续很久。

"也可能会持续。"我迅速说。

帕拉瓦女士惊讶地看着我，我的视线与她的视线对上了。她穿着黑色的外套、白色的衬衫，戴着银色的耳环。特伦齐先生也是一身黑白搭配。真想问问他们是不是要去参加葬礼，但我想应该不是，所以就没问，不过我还是开了口，说出的话连我自己都很惊讶。我说：

"帕拉瓦女士。"

"嗯。什么事？"

为快乐而生的鸟儿，

怎能忍受在笼子里歌唱？

妈妈看了我一眼。

"我想我不是很理解。"帕拉瓦说。

"没关系。"我说。

我又坐了起来，我的视线越过帕拉瓦望向街道。

妈妈开始讲米娜如何拥有一颗爱冒险的心。她说她可以为米娜花很多的时间。她讲起米娜的爸爸，又说米娜是独生女，她本身对圣彼得中学没有什么反对意见，可是……

"至于设施嘛，"我说，"我家前门花园有一棵非常漂亮的树，在那里，我有好多好多想法。厨房就是很好的实验室和艺术教室。况且谁又能设计出比世界本身更好的教室呢？"

妈妈微笑着。

"您也都看到了，"她说，"米娜是一个很有自己态度和见解的女孩。"

帕拉瓦女士紧紧地盯着我。她肯定在想，米娜真是个非常无礼的女孩，脑子里全是些浮夸又不切实际的想法。

"坦白说,"我也直直地回望着她,"我们觉得学校像个牢笼。"

"是吗?"帕拉瓦女士说。

"是的,"我继续说着,"我们觉得学校抑制了孩子天生的理解力、好奇心和创造力。"

特伦齐先生翻了个白眼。

妈妈微笑着摇摇头。

帕拉瓦女士又说:"是吗?"

"是的。"我说。

"在您做出最后的决定之前,麦基夫人,"特伦齐先生说,"您应该让米娜在科斯林大街待上一天比较好。"

"科斯林大街?"妈妈反问道。

"我们一般把一些不听话……"

"或者可能不听话的……"帕拉瓦女士说。

特伦齐先生从黑色夹克里面的口袋拿出一个小册子,递给妈妈。

"不会有什么坏处。"他说。

> **特别活动**
>
> 读一读威廉姆·布莱克的诗句吧。
>
> （尤其是帕拉瓦女士这样的人。）

想到科斯林大街，我非常急躁不安。所以我拿起本子和笔朝楼下走去。这是要在树上写的东西！妈妈正在客厅打电话。我从果盘里拿了一个苹果，咬了一口，换上了运动鞋。外面看起来很冷，所以我穿上夹克，系上围巾。她还在打电话。

"我到外面去啦！"我喊道。

她没有回答。

"我要出去啦，妈妈！"我又喊道。

我听了听，耸了耸肩，朝着门口走去。然后她才出现，从客厅里出来了。

我指着本子和笔。

"我要到树上去了。"我说。

"好的。"

"是谁?"

"什么是谁?"

"打电话的。"

"哦,打电话的? 科林。"

"科林?"

"科林·蒲伯。还记得吗? 不久前我们去剧院的时候见过他,中场休息的时候。"

"哦,他啊。"

她交叉双臂,歪着头看着我。

"是的,就是他。"

我回想着。科林·蒲伯,一个瘦骨嶙峋的高个子男人,手里拿着一品脱啤酒。

"他人很好的,是不是? 还记得吗?"

我耸了耸肩。谁还记得他好不好,我连这个人都不怎么能记清了。他人很好吗? 他和我握了手,说听说过很多关于我的事情。我不记得曾和他说过什么。他们一边聊着,一边喝着啤酒，小口吃着花生。而我就在一旁看着节目单。剧院里现在演的是格林童话，我确实记得我当时还想到要谈一谈狼是不是真的像童话里所描述的那样残忍。但是我没有，而他们两个继续聊着。

"还记得他吗？"妈妈又问了一句。

"我也不太确定。"我说。

她咧嘴笑了笑。

"我要去树上了。"我说。

"那就去吧。"

我朝着门口走去，但犹豫了一下。

"他要干什么？"我说。

"就只是问个好。"

"问好问了好长时间啊。"

我出去了，关上了门。

哈！科林·蒲伯！

我在树上了。树叶正渐渐密集。我看了看那些蛋。还

在那里呢，还是三颗，还是很漂亮。

呱呱——呱呱。乌鸫飞过。

"好吧。"我轻轻念道。

我坐在我常坐的那根树枝上，周围的树叶已经很密了。很快藏在这里就能非常隐蔽了。我又将思绪拉回到过去。

他们派了一辆红色出租车，把我拉到科斯林大街——或许是要确保我会去那里。第一天早晨，妈妈和我一起去了。出租车司机穿着一件黄色的足球制服，背后写着"PELE*"四个字母。

出发后，他一直从后视镜观察我。

"你拉过很多人去科斯林大街吗？"我问他。

"当然了，我和他们之间有合约。带过不少人去，可以这么告诉你。"

他继续开着车，穿过公园，穿过缓缓移动的车流，朝市中心驶去。

---

* 贝利，出身在巴西的一个贫寒家庭，是 20 世纪最伟大的体育明星之一，被国际足联授予"球王"称号。——译者注

"听过那么一两个故事。"他说。

"那就讲一个吧。"我说。

"不能讲。"

他摇了摇头，把一只手从方向盘上拿下来，敲了敲鼻子。

"这是秘密。"他说。

他把窗户玻璃摇了下来，胳膊压在窗户栏上。

"这可不是我的工作职责哦。"他说。

车流越来越密，缓缓在街道上穿行，经过一间间办公室和商店。我们的车缓缓来到了桥上。头顶架着的桥拱非常漂亮，桥下的流水波光粼粼。

我发现他又在注视着我。

"你有什么故事呢？"他说，"不介意我问吧。"

"什么？"

"如果你不乐意，可以直接告诉我闭嘴、不要瞎打听。不过有些孩子见到我这样的家伙都愿意一吐为快。不管你说了什么，都不会传到车外去哦。"

我看了看妈妈，妈妈也看了看我。

"我想我们还是不讲了吧，非常谢谢你。"妈妈说。

"没关系的，妈妈。"我说，"我相信贝利先生会保密的。"

"我叫卡尔。"卡尔说。

"是这样的，我攻击了一个老师。"

"是吗？"

"是的，用笔。"

"用笔？"

"没错。真是个好武器。我把笔直接插进了她的心脏。一旦开始了，我就会变得非常恶毒。虽然看着不像，但我其实是个非常血腥残暴的家伙！"

我对着镜子吼道，露出牙齿。卡尔抬了抬眉毛，摇了摇头，轻轻吹了声口哨。

"也就是说……"

"也就是说什么？"

"世事难料。"

"我也这么觉得，世事难料。"

他慢慢开着车，不再说话。

"她自讨苦吃。"我说。

"是吗？"

"是的。她总是说个不停，喋喋不休。"

"喋喋不休？"卡尔说。

"是的，喋喋不休。巴拉巴拉。巴拉巴拉。"

"我也有一个这样的老师。"卡尔说。

"是不是叫丝格勒瑞老师？"

"不是的，是个男老师。我们都喊他'吸墨纸'，其实他名字叫什么我已经记不清了。"

"他也是一直喋喋不休吗？"

"没错。不过，大部分是在咆哮。所以好像更恶毒。一直巴拉巴拉巴拉巴拉！也是这样。"

"那你攻击他了吗？"

"没有。他是个大块头，我就是个小矮子。他脾气坏得不行。所以我只能堵着耳朵，随便他说咯。巴拉巴拉巴拉巴拉。"

"真可惜。我已经受够了丝格勒瑞老师还有她的喋喋不休，所以我就攻击了她。"

"用笔。"

"是的。我用笔，解决了她。"

"谋杀？"

"不算吧，她会活下来的。"

望着桥下朝着大海流去的河水，我说：

"您踢球和贝利一样好吗，卡尔？"

他咧嘴笑了笑。

"没错，"他说，"实际上，还要更好。"

"真的吗？"

"真的。你应该看一看上星期在公园我踢进了多少球。简直激动人心！"

我们在内后视镜里咧着嘴对彼此笑着。

"那您为什么要开出租车？"我说。

"因为我喜欢啊。大家都想环游世界、发大财、被粉丝仰慕啊！我才不想，去科斯林大街的旅途才适合我！看，我们到了，平安抵达。

他停下车，打开门让我下来。

我下车的时候，他假装退缩了一下，还举起手好像要保护自己一样。

我笑了，他也咧嘴笑了。

"今天好好管住你的笔。"他说。

"我会的。"

"再见了，残暴小姐。"

"再见了，贝利先生。"

他朝我们眨了眨眼，然后开车走了。

这里就是目的地了。那是一座红砖房，外面围着柏油碎石路面和铁护栏，里面的水池里放着蓝色的绣球花。

我停了笔。我要先消磨会儿时间再继续写。玩会儿文字游戏吧！写一个句子，还要写一个词。这游戏不错！我正好要理一理关于那天的记忆。

一个句子

有时，我坐在桌前，或树上，想着写一个句子，看看能不能一直写上一篇文章再画上句号，一开始好像很难，但其实很容易，因为一个句子可以一直一直继续，就像数字可以一直数到无穷大，小孩子可能难以明白，因为他们会觉得100就已经很大了，应该不会有更大的数字了，直到有人说了101、102、103，他们才惊讶地张大嘴巴说真的还有更大的，然后他们开始理解了，数字其实没有真正的终点，可以一直一直一直一直一直一直一直一直一直数下去，直到时间的尽头，如果时间有尽头的话，不过我觉得时间也许不可能有尽头，因为如果数字可以无限地数下去，时间应该也是如此，不过这一页纸快写到最后了，我知道这个句子很快就要停下来了，我想这样自己是不是很像上帝啊，真好奇上帝如果受够了时间会不会决定把它结束了，会不会某天突然说了那个简单却灾难性的字"停"，然后一切都停了。

一个词

今天早晨天空中

只有

一只鸟儿

今天早晨这页纸上

只有

一个词

国际安徒生奖儿童小说

云雀

特别活动

写一个可以填满整页纸的句子。

特别活动

在一张纸的中间写一个词。

好了。科斯林大街学生收容处。我们……不。不是我们。不是我。第三人称，米娜。她。他们。

米娜在科斯林大街学生收容处

因此，有一天，我们的女主人公，米娜——她觉得自己聪明又坚强——来到了科斯林大街。卡尔驾着出租车离开了，米娜和妈妈手牵着手朝着玻璃门走去。

她们走进去，一位妇女迎了过来。

"我是米利根夫人，"她说，"你一定就是米娜吧！"

"是的，我想我是的。"米娜说。

"她就是，"米娜的妈妈说，"我是麦基夫人。"

米利根夫人亲切地笑了笑，把她们领到了一间灯光明亮的小小办公室。她填了一张表，让米娜的妈妈签字。她打开一份来自圣彼得中学的文件。米娜叹着气，眉头紧皱。

"放松点，米娜，"米利根夫人说，"我们这儿不是来审判你的，是为你提供帮助的。"

她不再说什么，只是微笑着。

"不太能适应，是吗，亲爱的？"她说。

"一点也不适应。"

"一种制度不可能适合我们所有人，对不对？我们这儿的人都明白这点的，米娜。"

"是吗？"

米娜希望这个女人像帕拉瓦或者特伦齐那样，希望她像丝格勒瑞或者校长一样。可是她谁也不像。

"我们知道你来这儿就只是参观一下，"米利根夫人说，"不过说不定你会很喜欢我们，再多待一段时间呢。"

"也说不定不会喜欢。"女孩回答。

米利根夫人甜美地笑了。妈妈的视线从米娜身上掠过，米娜转头看向了别处。她试图表现得淡漠、自由，但是她很困惑，内心在战栗。她感到如此古怪的安静，如此古怪的害羞。她想要逃离。

米利根夫人向她们介绍哪里是厕所，哪里是餐厅。所有地方都非常干净整洁，有一种薰衣草的清凉香气。很多很多书架，很多很多书。墙壁上贴着孩子们画的画，旁边还挂着一些故事和诗歌。

很快其他孩子也陆陆续续乘出租车和小巴士来了。一起来的还有穿着 T 恤和牛仔裤的大人们，脖子上都挂着姓名牌。

米利根夫人把他们领到 B12 房间，这间屋子是木质地板，有一扇窗户，窗户上挂着白色网状的窗帘，桌子和红色塑料椅子围成一圈。其中一面墙上画着壁画——一片巨大的热带雨林，里面有猴子、蛇、蝴蝶和青蛙。画家的名字画在底部：丹妮拉、埃里克、帕特里克、斯特皮……

"我们这里有很多美术活动，"米利根夫人说，"马尔科姆是这方面的专家。他很快就来了。"

米娜耸了耸肩。

"我听说你在某些方面也可以称作一位专家。"米利根夫人说。

"专家！"米娜咕哝着。

她朝妈妈翻了个白眼，而妈妈正低声说着什么。

然后马尔科姆来了。他穿着蓝色牛仔裤、红色衬衫，手腕上戴着一只银手镯。

"我是马尔科姆。"他说。

米娜一声不吭，妈妈用胳膊肘轻轻推了推她。

"他是马尔科姆。你是……"

"你一定是米娜吧，"马尔科姆继续说，"一直很期待见到你呢。"

米娜眼睛朝下看着，拖着脚。她发觉自己的嘴唇向下撇着，像卡通人物似的。

"真是抱歉，"妈妈说，"她平时不太会这样……"

"没事的！"马尔科姆说，"第一次来个新地方嘛，肯定会有点羞怯的。等她了解了我们就会好起来的。啊，哈里！快来见见米娜。"

哈里是个矮个子男孩，穿着一件蓝色厚夹克，头发又长又稀，眼神很茫然。他朝着他们走过来，羞怯地朝米娜点了点头，递了一本书给马尔科姆。

"我带、带来了。"他说。

"什么？啊，佛陀！谢谢！"

他接过书，在米娜面前翻着。

"最早最伟大的图像小说之一，"他说，"像他们说得一样好吗，哈里？"

"没、没错，马尔科姆，"哈里结结巴巴，"没错！"

米娜把脸转向一边，好像对此并不赞同。

"就我而言，我更喜欢复杂的文字。"她说。她讨厌自己这样，即便是在她说这些的时候。她读过马尔科姆手里的那本书，而且非常非常喜欢。但是她也无法控制住自己不去胡说八道，开始显摆自己，好让自己看起来与众不同，和这里的人都不一样。

"复杂的文字，"她说，"一段段，一页页……"

"哎呀，米娜！"妈妈说。

马尔科姆合上了书。

"也许你可以给我提点建议，米娜，"他说，"好了，麦基夫人，你何不把米娜留在这里呢？然后……"

"好的，我会的。"麦基夫人说。

她给了米娜一个拥抱，并祝她今天在这里过得愉快。她说下午会过来接她。

妈妈走了，米娜很想像个四岁的小孩子一样哭鼻子。她想要大哭："把我带走吧，妈妈！把我带走吧！"不过她只是站在那里，像一块石头一样，那么安静，那么凄凉。

其他孩子也陆陆续续到了，这一天就这样开始了。

有个孩子叫威尔弗雷德，他似乎很生气，眉头紧蹙，紧握着拳头，直盯盯地看着马尔科姆的眼睛。他的指甲已经咬得快没了，两颗门牙也不知道去哪儿了。他身上闻起来有狗的味道。

有个孩子叫艾丽西亚，她很喜欢米娜，一整天都坐在她旁边。艾丽西亚就像一个小动物，双手微微颤抖着，刘海一直垂到了眼睛上。她身体一直前倾着，这样一来挂在脑袋上的头发就像是窗帘一样。她轻声呼吸着，小声说道："我喜欢你，米娜。午饭的时候我可以和你坐一起吗，米娜？"她大部分时间都安安静静地坐在那里，但有时候米娜可以听见她嗡嗡地哼唱着一首缓慢的歌谣。

还有个孩子叫斯特皮，这个男孩骨瘦如柴，穿一身绿色的衣服，手上满是割伤和擦伤。"该死的玫瑰，马尔科

姆，"他说，"都是该死的刺，马尔科姆。还有该死的荆棘。就像该死的刀子，马尔科姆。"他朝着米娜咧嘴笑了起来，"是我该死的花园，妮娜。"

"是米娜，"马尔科姆说，他眨了眨眼，"斯特皮的志向是拥有最充裕的土地。看来每句话都带脏话也是他的志向哦。"

"该死的真对，马尔科姆，"斯特皮说，"宁死也不写什么该死的句子，但是要说咒骂的多才多艺……还有该死的艺术……"

他把衬衫往上拉了拉，露出了胸口的文身。那是一整片花园：树篱、树、很多花，还有蝴蝶和鸟儿。

"这才刚刚开始呢。我要在我腿上文上一整片该死的森林，背上文上高山，头上文上该死的天空。"

虽然她不想，虽然她竭力保持冷静和漠不关心，但还是探身过去，瞪大眼睛。

"你还只是个小孩！"她听到自己说。

"没错，这些我还不到十二岁的时候就已经文了。我叔叔艾瑞克给我文的。他是个很特别的文身师。他们很想把他铐起来，不过没有，因为他是我的一切。不过在我十六岁之前他不能在我身上继续文了。十六岁之后，我就能文其余的了。"他又把衬衣放了下来："我们已经把该死的世界搞得一团糟了，米娜。我们会烧了它、炸了它、毁了它。我们正在杀害所有的东西，所有可爱的东西都会灭绝，但是将会留在我身上，米娜。我就是该死的纪念碑，来纪念所有已经销声匿迹的东西。"

"他其实没有自己说得这么悲观，"马尔科姆说，"不然为何还要操心园艺的活儿？"

"因为喜欢。"斯特皮说。

"该死的喜欢，你的意思是。"马尔科姆说。

"没错。该死的喜欢，"他望着米娜，"那你有什么故事？"

米娜耸了耸肩。

"你有什么故事？"

"你已经听到了。如果有该死的园艺可以做，那上学有

什么意思？"

"那你在这里做什么？"

"和好伙伴们一起消遣啊，比如马尔科姆。还有那边的威尔弗。"

威尔弗雷德瞪着他，并露出了自己的牙齿。斯特皮举起手。

"放下，哥们，"他说，"你是我该死的伙伴，威尔弗，无论你想不想。"

威尔弗继续瞪着眼睛，看起来根本不像任何人的伙伴。

斯特皮朝米娜使了个眼色。

"他没事的，"他轻声说，"只要一直按时吃药。"

"吃药？"

"没错。他们也想给我吃药！该死的没门！我说。该死的药！"

米娜不禁也想成为他的伙伴。她真的想要告诉他自己的故事，还要再多听一些他的故事。听他讲一讲他的花园和文身，问问他为快乐而生的鸟儿，怎能忍受在笼子里歌唱。然后给他讲一讲那迷人的金翅雀。她想告诉他关于在一页纸上玩文字游戏，关于她常常在自己皮肤上写下的词语。她想告诉他，他们也想给她吃药。可是她没有。她继续保持漠不关心的样子。她转过脸不再看他，而是看向艾丽西亚，艾丽西亚正微笑着抚摸她的胳膊，轻轻哼唱着。

"那么，"马尔科姆说，"现在互相了解的时间结束了。下面是算术时间。不好意思，斯特皮。该死的算术。"

他们在桌前做着作业。两个助教进来了，分别叫克洛伊和乔。克洛伊坐在米娜旁边，指导着她阅读题目。"$7 \times 6 = 6 \times$ ___""$123 \times 9 = 9 \times$ ___"简直太简单了。她听到威尔弗雷德大声咒骂着，把笔扔了出去。他站起来，挥着拳头，朝着窗户大吼大叫。她看见马尔科姆温柔地引导他继续做题。她听到斯特皮给马尔科姆讲着答案，看见马尔科姆将答案写了下来。艾丽西亚坐在米娜旁边，轻声说她一直觉得算术题好难。米娜帮了她，得出答案的时候艾丽西亚破涕为笑。她看到了艾丽西亚前臂上的疤痕。她轻轻抚摸着其中一道。艾丽西亚退缩了一下，非常温柔地小声说

道："我以前会用刀子伤害自己，米娜。不过现在不会了。"
米娜望着艾丽西亚垂着的刘海后面的眼睛。她想要告诉她，
那天她坐在树上，用刀子在树皮上刻下的字。她曾把刀片
放在了自己的皮肤上，差一点就在自己身上也刻上一个字
了。不过她都没有告诉她。

艾丽西亚苦笑着。

"我明白。"她说。

"我也是，"米娜轻轻说，"我们再做点算术题吧。"

米娜继续帮助艾丽西亚做题。同时她也一直环视着整
个房间，望着这些共处一室的人。一群格格不入的人在一
个能够接受他们格格不入的地方。她明白他们，理解他们。
真是古怪啊。这些与她在一起的孩子都是很难适应环境的
人，但是在这样一个可以接受格格不入的人的地方，他们
都在某种程度上适应了，而且在一天的几个小时里，他们
也变得不再那么格格不入了。他们身边还有很多其他的房
间，里面也都是些格格不入的孩子：困扰的、受伤的、胆
怯的、害怕的，还有带着疼痛、问题和渴望的孩子。她试

图不再去想这些，可是无法控制自己。她认得这些孩子。在某些方面，他们就和自己差不多。但是她还是继续试图保持漠不关心。

午饭的时候，她吃了奶酪通心粉和巧克力蛋糕。她和艾丽西亚一起在阳光下围着混凝土操场散步。她站在围栏边，朝着她来的城市凝望着。她很想知道妈妈现在在哪里，正在做什么。她发现自己正在思考着斯特皮所说的，有一天眼前的一切都会毁灭。可是真的会这样吗？不可能完全毁灭的，不可能什么都没有的。是的，或许有一天人类也会像恐龙一样灭绝，而我们的城市都会变成一片荒芜。我们会毁掉我们共同的天空。不过一定会有幸存下来的人。

鸟儿从她头顶飞过，有麻雀、金丝雀、乌鸦——这些骨头轻盈的美丽生物。它们看上去那么脆弱，但也许是最强壮、最勇敢的。它们肯定能比我们人类生存得更长久，就像它们从恐龙灭绝的时代幸存了一样。它们会一直飞啊飞，会筑好自己的窝，唱着自己的歌儿，下蛋，然后在我们城市的废墟之上，在不断蔓延的森林和田野之上孵着自

己的小宝宝。一个新的未开垦的世界将在它们周围产生。它们或许会成为我们永远也不会明白的某个物种的祖先。她幻想着未来的世界、未来的天空，里面住着很多不可思议的像鸟类一样的生物。她觉得很开心。

马尔科姆来到她身边，问她开不开心。开心，她告诉他。他说那天下午他们会写作文——正是她喜欢的，他想。她只是耸了耸肩，什么也没有说。他告诉她他有一个秘密，几乎没有人知道。他写了一本小说，想要出版呢。他说，多么可怕啊，就好像把自己完全展露在世界面前，这让他觉得自己非常愚蠢、非常幼稚。

"明白我的意思吗？"他说。

她又耸了耸肩。

"明白。"她说。

"不过我正要勇敢去面对，"他说，"难道不是吗？"

"我想是的。"

她朝着他温柔地笑了，又把视线转向了别处。

"我觉得你很勇敢，"他说，"我觉得你们所有人都很勇敢，能来到这样的地方，学习成长。这很难，不是吗？"

"什么很难？"

"试着去发现如何成为你自己。"

她点了点头。

"有很多方式的，米娜。我们每个人都有不同的方式。你知道吗？它会在你整个生命中持续下去。"

她什么也没有说。她看到一群白鸽迅速从屋顶上飞过。

"如果你觉得这里不适合你，我们也不介意，"马尔科姆说，"无论你怎么决定，我们都很高兴你能和我们大家一起在这里，虽然只有很短暂的相处。很高兴能够在你的成长中参与一部分时间。"

她低头望着自己的脚。

"什么名字？那部小说？"

"《乔·卡特的骨头》，讲的是一个男孩收集了各种各样的骨头，都是从身边的街道上和旷野里收集来的——有小鸟的、老鼠的、青蛙的。他还收集羽毛、小块皮毛、草、树叶、花瓣、树枝，所有一切属于生命的一部分的东西。

他在他的小屋里把这些东西拼在一起，拼成看起来像是有生命的东西，然后试图吹口气，让这些东西重新获得生命。他想用这些东西创造出某种新的生物。"

"像个魔法师。"

"没错，就像魔法师一样，是个巫师。"马尔科姆笑道，"听着很疯狂，是吗？"

"成功了吗？"

"你是说，最后有没有成功创造一个新的生物？是的，成功了。这听着更疯狂。我想这本书本身也是这样。全都是零零碎碎的东西，把这些碎片拼在一起，创造出一份艺术作品。我把一页页书放在一起，然后吹口气，试图让它们变得有生命。就像乔·卡特对待他的骨头一样。"他又笑了："不过这本书一直被拒，也许对于任何人来说，出版这些都有点太疯狂了。也许下一次我应该写一个故事，所有东西都是简单平凡而直接。也许我应该写一本书，里面根本没有发生任何疯狂的事情，嗯？或者根本没有发生任何事情？"

听到这个想法，米娜微笑着。

"你觉得你可以吗？"她说，"写一个故事，根本没有发生任何事情？"

"我不知道，真的。不过也许我会尝试一下。也许你也可以尝试一下。"

铃声响了。他们穿过混凝土操场回到了教室。

那天下午，就是作文课。马尔勒姆不断地举起一些物体展示，让孩子们想象一下从这些东西中可以发散出什么样的故事来。他举起一支笔，说这支笔属于一个叫做梅奇的女孩，当她用这支笔写东西的时候，这支笔就有了魔力。他问，会是什么样的魔力呢？一个个可能出现的魔力出现在孩子们的脑海里。然后他又问一些关于梅奇生活的事情——她六岁的时候获得了一只什么样的受伤的宠物，她最喜欢吃什么东西，她上个星期为什么会和自己最好的朋友克莱尔发生了争吵，她上个星期做了什么可怕的噩梦——梅奇的整个人生都在大家的想象之中上演。他又举起其他的物品——一把救了比利·温斯顿一命的钥匙。到

底发生了什么？比利在他抽屉里保存了一份什么样的秘密信件？比利·温斯顿七岁的时候，为何会摔断了手腕？他还展示了一个普通的母鸡下的蛋。假如，从这鸡蛋里破壳而出的根本不是一只小鸡，而是某种不知名的生物？等等等等。他向我们展示着我们的大脑是如何自然而然地创造出一些故事来的，而他们觉得这一切都很简单。他说故事有时候不只是真的关于词语——那些词语像威尔弗雷德和斯特皮这样的孩子如此难以掌握。故事是关于幻想，就像是梦境一样。米娜太喜欢这些了。她开始把自己的答案写写画画，故事的碎片渐渐就出来了。她喜欢看着所有这些新的角色和他们的世界在她的脑海里，在她的那页纸上活灵活现。

当马尔科姆让他们开始写的时候，斯特皮、威尔弗雷德和艾丽西亚将他们的幻想低声讲给马尔科姆还有助教，那些幻想变成文字，米娜开始想：假如有一个故事根本没有发生任何有趣的事情会是什么样？

所以她就试着去想这样的故事。不过，当然，每次她写出一些词出来，就会发生一些事情。只要她给某个角色起了个名字，这个角色就开始栩栩如生，在她的脑海中、在那页纸上来回走动。根本不可能写下一点什么，却又什么都没有。或许写作有点像是扮演上帝。每一个词都是一个新的创造。她写了一个又一个句子，又抛弃了一个又一个句子。她身边的斯特皮讲了一个故事是关于一头叫做诺曼的恐龙从一个鸡蛋里孵化了出来；威尔弗雷德讷讷地说着比利·温斯顿在追一群暴徒，最后他们逃到了一间废弃的仓库中；艾丽西亚叹了口气，因为梅奇的猫在很小的时候就差点被车碾了过去。

米娜一直低着头，凝神听着。身边所有人似乎都很能适应这里。有那么一会儿，她很讨厌自己：真没用，真愚蠢，而且一直都在无休止地抗争。她不属于任何地方，甚至也不属于这个专为格格不入的人所设计的地方。她又望向面前的那页纸，意识到唯一不会发生任何事情的故事就是什么都不要写。留下一页空白的纸。意识到这点让她觉得自己很孤独，很恐惧。有时候她只想这样——什么也不

是，哪里也不去，什么也不想。有时候她想要一个什么都没有发生过的生命。有时候她希望自己就像一个从没有开始的故事。马尔科姆说的没错：成长虽然很奇妙、很让人激动，但同样，也是一件很艰难的事。该死的艰难。

周围的低语继续持续着，偶尔还掺杂着阵阵笑声。她试图让自己不去听这些。她望着那页纸，幻想和记忆从上面穿过。她看见自己又回到了家里，坐在那棵树上。她看见妈妈正坐在一个咖啡馆，喝着咖啡。她想起她的爸爸，在深深的黑暗的土地里，想到他从高高的天堂望着自己。还有艾丽西亚的低语、威尔弗雷德的狂怒、哈里的羞怯，斯特皮胸口的图案、马尔科姆的好心和他鲜艳的衬衫，以及在她幻想边缘熠熠发光的银手镯。关于帕拉瓦和特伦齐的记忆也汹涌而入，还有丝格勒瑞老师、校长、学习评估测验、上帝、肉体和空无一物，想起从老骨头创造出新生命的故事，想起了根本没有发生任何事情的故事，还有太多太多太多太多太多太多太多太多……或许正是这所有的一切在一起，所有这些现在和过去的零星碎片，扰乱了一切，让那些幻想从脑海中生出。管他是什么呢，她抬起头来，又透过窗户看了看外面洒在混凝土操场上的阳光——她看到了他。

他正以稍息的姿势站在混凝土操场上，旁边停了两三辆汽车。他身材高大，面带微笑，就像她似乎记得的他在生活中的样子。空气似乎像火一样在他身旁噼里啪啦。他转过头，看向科斯林大街学生收容处的 B12 教室里面，看了看米娜，而米娜也正从里面看着他。他朝她微笑着，那微笑并不是很甜美很温柔，却仿佛直直地进入了她所有美梦所在的地方。他就在她的脑海中，在她的心中，在她的身体和血液里，她知道无论如何，一切都安好。然后他就走了，渐渐消失在他身旁噼里啪啦的火焰之中，而那里就只剩下混凝土和汽车，空气和阳光，还有科斯林大街下午的空旷。

她朝着那空旷望了一会儿，眨了眨眼，朝周围望了望，没人注意这些。他们都埋头写着，沐浴在从窗户洒进来的

温暖阳光中。

她把笔放在空白的纸页上，写了起来：

"在科斯林大街，我看见了爸爸，我很高兴。"

　　科斯林大街并不适合我。我很享受那一天，因为学到了很多东西。它教会了我，格格不入的人可以以某种奇怪的方式组合在一起。它教会了我，即使一个格格不入的人，也可以适应这个古怪的世界。我喜欢那里的人。我会永远记得斯特皮，还有他胸口的花园，但现在还不是时候。我需要待在家里，和我的妈妈、我的树在一起。我需要在家里自学。那次大家都写完了故事，马尔科姆将一页页纸读给大家听，我们听到了恐龙、谋杀、受了惊吓的小猫，还有那些奇妙想象中的生命。我们大笑着、叹息着，感叹那些故事有多么精彩。轮到我的时候，我把关于爸爸的文字放在了一边，然后举起一张空白的纸。我在那一天里第一次严格意义上地看了看所有人。

　　"我的故事，"我说，"就是一张白纸。这是一个什么也没有发生的故事。"

　　他们都望着那张纸。他们都望着我。他们在思考我所说的话，我微笑着，因为我想起如果丝格勒瑞老师看到这样的场景会说些什么。

"就像我的后背一样。"斯特皮突然说。

"像你的后背一样?"我说。

"是啊,我的后背现在就是空的。但是你知道有一天我一定会用一些非常棒的东西填满的。"

"或者说,用可能性填满。"马尔科姆说。

"是的,"斯特皮说,"所以说根本就不是真的空白,"他朝我笑了笑,"即便是一页空白的纸,里面还是有某种故事的。"

我们都承认确实是这样的。

很快这一天就结束了。

当我准备离开的时候,斯特皮来到了我身边。

"你不会回来了,是吗?"

我耸了耸肩,朝地下看着。

"你不会回来了,不过也许某天还会回来。我们可以成为好伙伴,你和我。"

"可以吗?"

"可以。我们会的。"

　　艾丽西亚也朝我走了过来。她轻轻抚了抚我的脸，对我说再见。我抚了抚她的胳膊。

　　"我差一点也做了你做的那些事。"我说，我的声音非常轻，她几乎都听不清。不过她知道我在说什么。

　　"不过你找到了理智，"她说，"就像我一样。"

　　我们朝着彼此微笑了。

　　"是的，"我说，"和你一样。"

　　妈妈回来了。我们感谢了马尔科姆还有米利根夫人让我度过了这样的一天。卡尔来这里把我们带回了家。

　　"所以，"他说，"那里是不是也是喋喋不休？"

　　"不是。"

　　"不错。"

　　"你袭击了什么人吗？"

　　"谁也没有。"

　　"太好了。"

　　"谢谢，贝利先生。"

　　妈妈用胳膊搂着我。我沉浸在自己的世界里，脑海里

全是关于这一天的记忆以及对于明天该做点什么的想象。

"还好吗?"她说,"还适应吗? 今天早晨我离开的时候你表现得非常奇怪。"

"就是有点不舒服,我想。"

"但是你适应了。"

我叹了口气。

"是的,"我告诉她,"那里的人都非常好,我今天很开心。我……"

我犹豫了,我望着外面的车流。出于某种原因,我不能够告诉她我的那些幻想。

她微笑着。

"但是并不是你想去的地方?"

我耸了耸肩。

"是的,抱歉,妈妈。"

"没关系的。"

"真的吗?"

"真的,米娜。我也觉得不是你去的地方,也不知道为什么。来吧，到我怀里来。”

我埋在了她的怀里。我告诉他斯特皮、马尔科姆还有其他人的故事。我看见卡尔在后视镜里对着我们微笑。我闭上了眼睛，又在脑海里看到了爸爸，爸爸正站在那噼里啪啦的阳光之中。某一天，我会告诉她，但现在还不到时候。现在回想起来，我怀疑那个下午，妈妈也隐藏着某个秘密。我想起那天她非常高兴，穿过河流回家的路上，我看到她暗自微笑着。是因为科林·蒲伯吗？她有没有趁这个不用照看她古怪女儿的机会和他待在一起？我想答案是肯定的。

所以，我从树上下来，回到了家里。妈妈正在桌前读着一本关于南极地区的书。

“嗨！”她说。

“嗨！”我深深吸了一口气，“我想起了科林·蒲伯。”

“是吗？”

“是的。我记得他看起来人很好，妈妈。”

她微笑着。

"很好，确实。"

"而且，"我轻轻地说，"我觉得你非常勇敢。"

她笑了。

"我才没有，"她说，"不过谢谢你，小宝贝。"

一个
没有文字的
故事

　　下一页就是我在科斯林大街写下的故事。那是一页空白的纸，根本没有任何字。就像是斯特皮的后背，等待着新的文身。就像是一片空荡的天空，等待着鸟儿飞过。就像一颗鸡蛋，默默等待着小鸡破壳而出。就像是时间开始之前的宇宙。就像是等待着成为现在的未来。仔细看看吧，它可以被记忆、戏剧、美梦和幻想所填满。它充满了可能性，所以根本不是空白。

小鸟，致命的猫，以及"无跛"

　　那只黑色动物在徘徊。小心一点。因为黑色动物真的是一只黑黑的动物。它是一只漂亮的呜呜叫着的小猫，它叫做悄悄，但是它也是一只野生动物，如果有机可乘，还可能会致命。因为鸟蛋孵化了！漂亮的窝里有了三只可爱的、翅膀软软的、黏黏的小东西！而鸟爸爸和鸟妈妈正来来回回地飞着，嘴里衔着跳蚤和飞虫，衔着像意大利面一样垂在喙上的蠕虫。我小心翼翼地往上爬，尽量不发出声音，爬到了一个合适的高度，低头就可以看到那特别的、可爱的小东西。鸟爸爸鸟妈妈在朝我叫着——呱呱！呱呱！呱呱！——歪着头望着我。

　　你敢！它们发出响而粗的叫声。走开！呱呱！你很危险！呱呱！

　　但真正的危险其实在下面。那只黑色动物正在花园里徘徊，鬼鬼祟祟地沿着人行道溜达着。它试图表现得随意

而又对周遭漠不关心，但还是在迟迟疑疑，竖耳倾听。我看到它朝着鸟窝转了转头，转了转耳朵。然后它抬头用恳求的眼睛望着我。

你好啊，米娜。那黑黑的动物呜呜着。我是你特别的朋友，是不是？我是你可爱的小宠物啊。为什么不让我上来陪陪你啊？

我朝着下面望着，用手指着它。

你敢！你这黑黑的动物！走开！你很危险！

我挥手赶它走，它变得有点生气，然后傲慢地踱步走了。它很快就会再回来，盯着我看，舔着牙齿，幻想着在嘴里把那些可爱的小东西咬碎。

我静静地坐在树上。我告诉自己，我是小鸟的守护者。我其实不是真的守护者。小鸟在窝里就已经很安全了。悄悄根本够不着，它爬不到这里，即使能爬上来，也不可能爬到鸟窝那里。鸟窝在一根非常细的树枝上，根本经不起它的重量。所以它就在下面徘徊着、听着、看着、等着。等小鸟刚学会飞的时候才是最危险的时候，那个时候它们

会从窝里出来，但又飞不好，它们会藏在树篱中间，藏在
阴影中间，鸟爸爸鸟妈妈们还在喂食。

闭上眼睛就安全了。我不再做小鸟的守护者，而是又
试着想象自己在一个蛋的中间。我想象着自己的身体上长
出黏黏的羽毛和翅膀。我想象着用尖尖的喙一点一点啄着
蛋壳。我想象着自己啄破那蓝绿色的蛋壳，从一片黑暗之
中来到树下蓝绿色的光线里，就像那些小鸟一样。我想象
着第一次试着发出细小的啁啾声。我发出微弱得几乎听不
见的啾啾声、吱吱声，假装自己的喉咙是一只鸟的喉咙，
而我的嘴就是鸟的喙……

然后我听到有人喊我的名字。

"米娜？米娜？"

我睁开眼睛，朝下面看了看。一个女孩就站在我的正
下方，她穿着一件圣彼得中学的运动衫。

"米娜。"

我不能说话，发出一阵听起来非常傻的吱吱声。我咬
紧了嘴唇。

"你不记得我了吗，米娜？"

我点点头。当然记得，苏菲·史密斯。学校里的那个女孩，她有一阵子是我的朋友。

"记得。"我又发出短促的尖叫声。

"我就是过来问个好，"她说，并微笑着，"你好啊！"

"你好啊！"我继续用短促的尖叫声回答。

她仍微笑着，抬头看着坐在树上的我。她那蓝色的眼睛、金色的头发、苍白的脸蛋，和原来的她一样，但是要比她实际年龄大一点。乌鸫看见这个新来的到访者，又发出了警惕的叫声。

"乌鸫有了孩子。"我吱吱道。

苏菲微笑着。

"好好做父母吧！"她说，睁大了眼睛，"我不会伤害它们的！"她朝着那些鸟儿低声说道。

呱呱！鸟儿叫道。呱呱！呱呱！

"勇敢的小东西，"苏菲说道，"很快它们就会有足够的勇敢，让它们的小宝贝飞走啦。"

然后她摆着手臂跳上跳下。

"看啊!"她说,"我做了手术!"

"太好了。"

她自信地在人行道上大步迈着步子,走了一个小圈。

"还没有完全好呢,"她说,"不过也快了。"

"真好。疼吗?"

"疼。现在还有点疼呢,"她又走了一小圈,踢着脚,扭着屁股,"但是一切都很值得。"

"真的很棒,苏菲。"

我的声音听起来很小很小,就像是小鸟的声音一样。

"你的做了吗?"她说。

"什么?"

"你的手术啊,那个抗奇怪化手术。还记得吗?"

"哈哈,对了,记得。没有呢。我还没做呢。"

"那还是很奇怪咯?"

"我想是的。"

"挺好。不过,你还是会回来的,对吗?"

"什么？"

"你还会回学校的吧？我一直很想你呢。"

我看了看周围的树叶，突然觉得自己在这里如此愚蠢。坐在这里我觉得自己那么渺小，那么不善言辞。她会想我？我不知道该说点什么。

"我不知道，"我咕哝道，"不，我想不会的。我觉得学校太……"

我的声音渐渐弱了下来，甚至连这句话都没能说完。

"就连丝格勒瑞老师都说如果你能回来的话就太好了。"苏菲说。

"丝格勒瑞老师？你在开玩笑吧！"

"没有啊。"

"哈！"

有人喊苏菲的名字。我沿街望过去，远远的街头，有三个女孩在低矮的花园围墙坐着。

"苏菲！快来啊！"

"我要走了，"她说，仍然笑着，"你是个小疯子，是不是？"

我依然不知道该说什么。

"是吗?"我吱吱道。

"是啊,不过你人很好。我也是个小疯子,我以我的方式。我们很多人都是。"

"你是吗?"

"是啊。"

我又咬着嘴唇。我往下瞪着她,然后瞥了瞥街头的那几个女孩。那会是真的吗?

"没错,"苏菲说,"或许我们没有你那样疯狂。但是无论怎么说,都是小疯子呢。"

"苏菲!"她们又喊了她一声。

她耸了耸肩,微笑着。

"当个小疯子也没什么不好啊,是不是?"

"是的。"我吱吱道。

"如果你真的回来的话,我会帮助你的。"

"谢谢。"我低声说。

"好吧,"她说。她在人行道上上下跳了几下。"我只是

想让你看看我无跛*啦！"

她又跳啊跳。

"不跛啦，"我低声说，"不跛了！"

"还不错，是吧？"苏菲说。

"是的，还不错。非常好。"

"我只是想来问声好。现在再见啦！"

然后她离开了，我也向她说了再见。我想跳下去，追上她，抓住她，告诉她她人也很好，我很为她高兴，而且……但是我没有。她回到她朋友身边了，我闭上了眼睛。

"傻瓜米娜！"我吱吱地说。

"她想知道我的情况。"我轻轻发出粗而响亮的声音。

"不跛啦。"我低声说，我慢慢在我的笔记本上写下两个可爱的词。

无跛！

抗奇怪化手术！

---

* limplessness，苏菲自创的词。——译者注

好啦，这是苏菲·史密斯创造的两个新词，我把它们记在了笔记本上。或许她也是个小疯子，就像她说的一样。

她和她的朋友消失在街头。

我继续写着，那么腼腆，那么羞怯。

苏菲真好。真希望她能多待一会儿。真希望我刚才请求她再多待一会儿。傻瓜傻瓜米娜！

我想着苏菲说的关于丝格勒瑞老师的那些话，这让我也开始想到丝格勒瑞老师，所以我又继续写了。

一份忏悔。好吧，或许丝格勒瑞老师并不是像我以为的那样让人讨厌，那样声音尖利。或许校长没有那么粗壮。或许他们不像我说的那样一点也不理解别人。不过你写故事的话，有时候就是要这样。不得不夸张点，不然就没有什么戏剧效果啦。作家都是这样做的好不好！！

真奇怪呀，有时候我觉得自己那么脆弱，那么渺小，有时候我又觉得自己那么勇敢，那么无畏，那么不顾一切，那么无拘无束，又那么……每个人都会有这样的感觉吗？人们长大后，会不会总觉得自己已经长大了，所以就

变得理智，成了正常的模样？我真的想不再能感觉到那种
自相矛盾或者荒唐的想法吗？我真的想不再做一个小疯子
吗？我真的想进行什么抗奇怪化手术吗？啊，是啊，有时
候，我不再想要更多——不过这只会持续一小段时间，然
后呢，啊，我想要变成所有人当中最奇怪、最疯狂的那个，
成为……啊，别再想了，米娜！有时候我实在是想得太多，
考虑太多……别再想了！我说！

没时间再吱吱喳喳或者再憧憬再疑惑啦，因为有一辆
巨大的白色厢式货车来到了街道上，停在了迈尔斯先生家
房子外面。随后，跟在后面的蓝色车子也停了下来，那一
家子人下了车。那位妈妈怀里抱着一个用白色毯子裹起来
的小婴儿。

"要搬来了吗？"我低声说。

她沿着街道望着。紧紧抱着怀里的小婴儿，就好像要
保护它不受这个世界的侵扰。那位爸爸靠近了点，将母子
一起拥在怀里。我听到了婴儿的哭声。她把婴儿抱进了屋
子。我想象着他们在屋子里，在那依然半荒废的屋子里，

想象着那个刚刚来到这个世界的小婴儿，还有那古老的被人遗忘的地方。

然后那辆厢式卡车的门打开了，那位爸爸和两个壮实的男人开始往屋子里搬家具。

那个小男孩就一个人站在那儿，眼睛盯着地面，或者盯着天空。他的胳膊下面夹着一个足球。

"你到底想要什么呢？"我轻轻对他说，当然他根本就不会听到。

这个新来的小男孩看起来很友善，我对自己说。我有勇气告诉他吗？他去上学吗？当然是去的。

他拍着球，一次，两次。他把球朝着花园的墙踢着，一次，两次。他盯着那条街，仿佛对它充满怨气。然后，他也跟着家人和那些家具一起进了屋。

我继续望着。妈妈来到了树下，抬头朝我微笑着。

"我看见新邻居已经搬过来啦。"她说。

我们一起望着迈尔斯先生的房子，现在那里已经不再是迈尔斯先生的房子了。

"还有个小婴儿。"我说。

"小婴儿？已经出生了吗？"

"是啊。"

"啊，亲爱的。我想他们是想做好更充分的准备。不过他们最后还是来啦。"

"乌鸫的蛋也已经孵出小鸟啦。"我说。

"所以真的是很合适的时间。今天是属于小鸟和小婴儿的！"

她朝我伸出一只手。

"听我说，我的宝贝。"

"嗯？"

"我觉得你在树上待的时间太久了。"

"在树上待的时间太久了？"

"对呀。你应该多到下面的世界来看看。你应该下来，和我一起走走。"

"往哪儿走？"

"我们的脚走到哪儿就是哪儿。"

"好吧。"

我从树上下来了。然后我把手指放在嘴唇上。

"听听。"我小声说。

"听什么？"

"听听就好。如果仔细听，就可以听见小鸟在窝里吱吱叫的声音呢。或许还可以听到那个小婴儿的哭声呢。"

我们听呀听，仔细一点，再仔细一点。我们挺直身子，仰着头，将视线转向鸟窝的方向。

"听到了吗？"我说。

妈妈摇了摇头。

"我也没有听见。"我说。

我们望着彼此咧嘴笑了。

"或许明天就可以听见了，"我说，"带我们去个什么地方吧，亲爱的脚。"

散步，比萨，星星，以及灰尘

我们走出街道，来到公园里。她说这是一段有教育意义的散步，会有教育意义的内容。帕拉瓦和特伦齐要做一份报告，关于我们现在都在做些什么。所以她会告诉他们，我写的东西，我对鸟儿的研究，以及我们做的手工艺品，等等，等等，等等，等等。她会告诉他们在公园里散步如何拥有深刻的教育意义。

"我们去散步吧，"她说，"想一想保罗·克利关于散步的理论。"

"那是谁呀？"

"二十世纪伟大的艺术家之一。他说画画就是让一条线散一散步。"

我思考着这句话，想象着画画的时候铅笔尖在纸张上移动的样子。

"所以如果画画就像散步一样，"我说，"那散步也像画画一样。"

"是的，如果像那样想象，你就会去好奇，去漫游，去探索。"

我想象着那样美好的场景，脸上露出了微笑。我想象着我们的脚步在身后留下了一幅画。我突然转个弯，跳上跳下，给我们的画加上一些曲线和趣味。

"人们说克利的画看起来就像是一个小孩子画的，"她说，"有些人很讨厌他的画，就比如纳粹们。全都烧掉！他们说。"

听到这些，我又想了更多的东西。

"或许写作也像是散步呢，"我说，"开始写作，就像是开始散步，不一定非要知道要去往哪里，只有到了才知道，也不知道一路上将会遇到什么。"

妈妈微笑着。

"所以说写作就像是让文字散一散步。"她说。

"没错。"

我们继续走着，紧紧挨着彼此。我们彼此的脚步和谐

而有节奏地混在一起。我把每迈出的一步看作一个音节，一边往前走，一边低声念着每一个字。

每一个字都是朝着不知道哪个地方迈出的一步。

"毕加索很喜欢克利的作品，"妈妈说，"他说像大师一样画画要学习好多年，像孩子一样画画要学习一辈子。"

这一点也不奇怪：大人们想变得年轻，年轻人想要长大，而无论人们需要什么，时间总是一直向前，再向前。

我走出一个个字。

像孩子一样画画要学习一辈子。

像孩子一样画画要学习一辈子。

"华兹华斯常常一边散步一边写作。"她说。

"是吗？"

"是的。他说步子的节奏可以帮助他找到诗歌的韵律。"

"很有道理。"

"确实。"

写作就是让一些词散步

词语遵循着脚步的节奏

脚步遵循着词语的韵律

写作就是让一些词散步

"散步也是一种冥想。"她说。

"是吗?"

"是的。冥想常常是一动不动地坐在那里,让思想也静止在那里。"

"就像我有时在树上所做的那样吗?"

"是啊,但是也有散步冥想。你将注意力集中在每一个步子上。除此之外,什么也不再去想。除了迈出步子以外,什么也不再做。你希望变得思绪清楚,内心平静。"

我们开始尝试,我们并排走在穿过公园的小道上。现在我不再去想单词或者线条,我试着什么也不再去想,只想着走出一步,再走出一步,然后再走出一步。我们的呼吸平缓而有规律。

"现在什么也不要再想,"她说,"走路的时候就专心

走路。"

不过，步行穿过公园的时候，我突然无法控制地去想着地下的隧道。我无法平静，充满焦虑。妈妈不知为何似乎也看出来了。她停了下来，望着我，等待着。我忍不住告诉她，那天我从学校跑出来，独自到地下，看见一个男人和一条狗的经历。我告诉她我以为可以到地下去把爸爸带回来，就像俄耳甫斯想要做的那样去做。告诉她的时候，我试图对此一笑了之。

"我那会儿太傻了，"我告诉她，"当时还太小。"

我继续试图去笑，不过现在几乎要哭出来了。

她紧紧地抱着我。

"你当时就应该告诉我的。"她说。

"我现在就告诉你了。"

"你真的看到了一条狗吗？"她问我。

"是的。一个男人，还有一条狗。我以为那条狗是刻耳柏洛斯 *。我以为那个男人是地下世界的看门人。我以为我

* 冥府的看门狗。——译者注

到了冥府呢！”

“哎呀，米娜！”

我试图再笑一笑。

“他可能只是其中一个工人，”我说，“那条狗可能只是一条流浪狗而已。”

我现在甚至想咯咯大笑了。

“再把我带远一些吧，亲爱的脚。”我说，然后我们继续在阳光下走着，而我心里想着走在黑暗中的那次经历。

“我想着如果继续走啊走，”我告诉她，“就可以看到普鲁托和珀耳塞福涅了！”

“哎呀，米娜！你这个小丫头！”

“那些都是我在脑海中构想出来的吧。”我说。

“你要和普鲁托和珀耳塞福涅说些什么呢？”

我笑了。

“把他还给我！把他还给我！”

她摇了摇头。

“把他还给我！”她低声说道。

我们继续往前走。有一阵子沉默。我们听着周围鸟儿的歌唱和城市的喧嚣。

她问我感觉还好吗，真的没事吗。

"没事。"

我本想不再说什么，但是走着走着我又不禁告诉她苏菲来过的事情。

"她真的挺友善的，"妈妈说，"也许还会再来呢。"

"也许吧。"

"也许她还会成为你的朋友。"

我耸了耸肩。

"也许吧。"

我试图让自己思路清晰，内心平静，但是我发现自己又不禁想起那个在街道上和家人站在一起的小男孩，不禁又告诉她那个小男孩的事情。

"他看起来有意思吗？"她说。

我又耸了耸肩。

"也许吧。"

她微笑着，似乎想要再多说点什么，但是她只是牵起我的手，紧紧握在手里，说："我想他肯定很有意思。"

我将思想从地下世界、苏菲和那个男孩身上拉回来，注意力集中在我的步子渐渐平静的旋律上。

我的脚将会把我带到它们想去的地方。

我的脚将会把我带到它们想去的地方。

我的脚将会把我带到它们想去的地方。

我每走一步，就默念着那些词。渐渐地走路变成了一种走路舞。

我们没有问彼此我们要走向哪里，就那样自然地沿着公园溪流旁边的小路往上走着。溪流在我们身边汩汩流淌，水声急促。一座公路桥将喧闹的交通带到我们的头顶。我们穿过一小片旷野，有几个男孩在那里踢足球，对彼此大喊着。"横传！传他！传我！传我头上！耶——！啊，不要！"我们来到小小的宠物乐园，里面有带着小角的小山羊、大肚猪，还有漂亮又闪耀的孔雀在发出聒噪的声音。小小的婴儿坐在儿童车里，刚蹒跚学步的孩子拉着妈妈的

手。他们俯下身来对着小羊和小猪低声说话，就像我曾经也会做的那样。我望着他们，仿佛穿越时间回望着过去。我想起街上那个新生婴儿。我想那会是个小女孩吧。过不了多久，她也会到这里来，俯下身子对着小羊和小猪说话。或许我会带她到这里来。或许我还会握着她的手，和她一起散步，穿过整个公园，然后再把她带回家。想起这些，我高兴得简直无法呼吸。街上新到来的小女孩。将要成为我的朋友的小女孩！

我们继续往前走，沿着通往出口的小路，树篱和树下灌木丛中的鸟儿聒噪地叫着。我们踏出公园的大门。外面有一排小商店。有一家理发店，一家中餐外卖店，还有一家披萨和意面餐厅。

再继续走。我们都没有问该去哪里，但我们都知道现在要往哪里走。我们沿着一条交通繁忙的道路走着。

旁边车来车往，如此嘈杂。

旁边车来车往，如此嘈杂。

旁边车来车往，如此嘈杂。

到了另一对巨大的门前，我们进到了墓园里。我们踌躇了一小会儿。好多的坟墓啊，好多的身体，好多的灵魂，好多的人离开了这个世界。一排一排又一排。纪念碑，天使，十字架，平台，雕刻着的名字和日期，一盆盆花，而头顶是一望无垠的蓝天。有一些人像我们一样，在坟墓旁边走着，或静静地站着，对着特定的那个坟墓俯下身来，轻轻低语，默默祈祷。

我们牵着手，继续走。我们来到了爸爸的坟墓旁，彼此依偎着站在那里。

"你好啊，爸爸。"我轻轻说。

"你好啊，亲爱的。"妈妈也轻轻说。

我把风吹到他上面土地上的一片糖纸捡了起来。妈妈揪掉了一小丛杂草。我想起爸爸搂着我给我读故事的情景。妈妈闭上眼睛，紧扣着双手，或许也在回忆着什么，我想。或许在祈祷，或许在给他讲述着科林·蒲伯。

我爱你，爸爸。我轻声说。

我的确流下了眼泪。我也的确知道他在哪里，或者现

在在哪里，他不可能再回来了。根本没有所谓的地下世界，也根本没有普鲁托。不过我们俩，就这样站在这里，彼此分享着关于爸爸的记忆，也是很美好的。我想着我们身边的空气里混合着他的呼吸，想着漂浮的云彩中包含着来自他身体的水分子，我的回忆中还回荡着他说话的声音。

天空那么浩瀚，那么蔚蓝。乌鸫唱着歌儿，我还听见有一只声音响亮的可爱百灵鸟。我寻找着它的身影，不过它飞得那么高，那么远，根本没办法看到。我又低头，发现一根白色羽毛在脚下翻飞着。妈妈弯下腰，把羽毛捡了起来。她把它按在了我的肩膀上。

"完全适合，"她说，"肯定是从你身上掉下来的，米娜。"

"可能吧。"

她把羽毛递给我。我展开双臂，用指尖夹住那根羽毛，假装自己在飞。然后我让羽毛飞走了。它缓缓落在了地上，沿着小路和一座座坟墓渐渐远去。

"现在微风带着那根羽毛去散步了，"我说，"它不知道自己会去哪儿，停下来才知道。"

我们又待了一会儿。低声说了几句话，然后轻轻道别，接着就离开了。

时间飞逝。天空已经变得橙红，黄昏渐渐来临。我感觉自己那么轻盈，那么自由，就仿佛那驾着微风飘飞的羽毛，就好像一个个词没有按照特定的韵律漫游。空气如此温暖。让人感觉好像珀耳塞福涅真的要来了。

"我们好好吃一顿吧，"妈妈说，"披萨还是中餐外卖？"

她看着中餐馆的菜单。

"宫保大虾！"她说，"春卷！叉烧肉！

我望着披萨店。

"西红柿意大利面！四季披萨！"

她笑了，然后领着我来到披萨店，一位服务员热情地迎接了我们，仿佛我们是他久违的好朋友。他喊我们两位美女，给我们每人一朵红玫瑰。我们坐在餐厅的最里面，刚开始我们是里面仅有的顾客，后来又来了几家人，还有

几对夫妻。餐厅里播放着优美的音乐，有人在唱着《我的太阳》。

她也轻轻跟着唱了一两句。

我点了一份玛格丽特披萨，里面有凤尾鱼、橄榄和大蒜。

妈妈点了一份意大利天使面，里面有蛤蜊和小虾。

我们望着彼此咧嘴笑了。她喝着白葡萄酒，我喝着柠檬水。

服务员送来了食物，真的很美味。

"太赞咯！"她唏嘘道。

"太妙咯！"我说。

"我的太阳！"她轻唱。

外面的天空越来越暗。

我要了开心果草莓和香草冰激凌。妈妈要了意式焦糖奶油布丁。

"它读起来的声音和味道差不多，"她说，"读一读看看：意式-焦糖-奶油-布丁。"

我们一起读着这个词，一人一把长柄勺分享着甜品。真的很好吃，我们一边吃一边赞叹。

妈妈喝了杯咖啡，然后我们就出门走进渐浓的夜色里。脚步朝着家的方向折回。我们又走下去来到了公园。我们沿着溪流，可以听到安顿在树篱和地下的鸟儿的声音。有两三只猫，这黑色的动物，徘徊着，寻找着猎物。

在夜色中，我们坐在溪流旁边的一张长凳上。

"很不错吧，是不是?"妈妈说。

"太美味咯!"

"散步呢? 去看爸爸呢?"

"太赞咯!"

"你还好吧?"

"是的，差不多还好。"

"差不多那就很好啦。"

她用手揽住我。星星越来越亮。我们起身，沿着公园的小道，继续慢慢走。

"长大后，"我说，"是不是就不会再觉得自己那么渺

小，那么脆弱了？"

"不会的，"她说，"不管多大，内心深处总会有柔弱和渺小的东西存在的。"

"就像小婴儿一样吗？"我说。

"是的。或者就像一只小小的鸟儿，就在你的心里，"她说，"那根本算不上脆弱。如果我们忘记了它在那里，我们就是有麻烦了。"

我们继续朝着公园的大门走啊走，不过她拉起我的手，远离了那条小路。

我们来到公园最黑暗的地方，在秋千和草地保龄球场的另一边。稀疏的路灯照亮了我们身后的小路。来自克劳路、福尔克纳路还有城市的灯光在树缝中闪烁着。夜晚死一般寂静。我又想起了地下世界，于是耸了耸肩，把思绪拉了回来。我感受着脚下坚实的土地，感受着皮肤上围绕的空气。我抬起头，望向天空，望着那浩瀚的星海。

妈妈告诉我，哪一个是土星，哪一个是金星。她还指给我看各个星座：处女座、巨蟹座、狮子座。她告诉我哪里是昴宿星团。我们试着望向更远的地方，远一些，再远一些，视线穿过那散落在天幕中的星星，那些星星就像是穿越永恒的尘土。我们试图分辨希腊神话故事中所描绘的野兽和带翅膀的奇怪生物：熊、狗、马、蟹、珀伽索斯 *、代达罗斯、伊卡罗斯 **。我们想象着一个充满各种各样野兽和生物的天空。

"我们的视线穿过了几十亿英里，"她说，"一些星星发出的光花了几百万年才到达我们这里。"

"我们是时间旅行者！"我说。

"是的。"

"而且是同样的东西组成的。星星和我们。"

"是的。不管我们与星星相隔多远。"

我们一动不动地站在那里，静静地聆听着这夜晚。城市嗡嗡作响。一只猫头鹰在嘟嘟叫，一只猫在喵喵叫，一

---

* 生有双翼的神马，被其足蹄踩过的地方有泉水涌出，诗人饮之可获灵感。——译者注
** 代达罗斯之子，以其父制作的蜡翼飞离克里特岛，其父逃脱了，而他因飞得太高阳光融化了他的蜡翼，坠海而亡。——译者注

条狗在汪汪叫，一声汽笛在呼啸。

我们让星光洒在我们身上。

我凝视着。在那里，还有其他人吗？肯定有吧。他们喜欢我们吗？那里还有另外一个米娜和另外一个妈妈透过数十亿英里数十亿光年的黑暗望着我们吗？她们的快乐和痛苦与我们的一样吗？我们有一天会知道关于这些问题的答案吗？一切是如何到那里去的呢？又是为什么呢？一直一直都会是这样的吗？在那些星星和黑暗的最尽头，又是什么呢？一切事物的正中心，又是什么呢？

妈妈把双手罩在我的头旁边。

"看啊，"她喃喃道，"我几乎可以把你的整个脑袋包在手心里。而你的脑袋里装着所有的星星，所有的黑暗以及所有的噪声。它装着整个宇宙。"她把我搂进怀里。她的头靠着我的头。"两颗脑袋，两个宇宙，连在一起了。"

过了一会儿，我们才朝家里走去。她拉着我的手，高兴地在我身边走着。

我们牵着手，朝着家里走。

我们朝家里走着，牵着手。

我们……

我们来到小路旁边的一盏路灯下，突然停下来跳起了舞，我们在一束束光线下闪耀着光芒，像星星一样，像飞虫一样，像飞扬的尘土。

特别活动

带一条线散散步。

画好之后，看看你画了什么。

带一些词散散步。

写好之后，看看你写了什么。

带你自己散散步。

到达之后，看看你到了哪里。

特别活动

盯着星星看。穿过空间和时间旅行。

托着你的脑袋，相信自己如此非凡。

提醒你自己，你不过是尘土。

提醒你自己，你不过是一颗星星。

站在一盏街灯下。

在一束光下，跳舞，闪耀。

特别活动

听一听你内心最脆弱、最有力的东西。

一场关于马的梦

　　后来，上床睡觉之前，我往窗户外面望了望。迈尔斯先生家的屋子还亮着灯，模糊的人影在窗户后面移动。我想起了那个婴儿，希望她现在正睡得香甜。我掀开窗帘看到月亮升了起来，那让人发狂的月光洒在了我身上。我颤抖着。当人们长大了，还会感觉到这样的兴奋和这样的惊讶吗？我闭上眼睛，凝视着我内心的宇宙。我仿佛正站在某种不可思议的门槛上。最后，我进入了梦乡。

　　我做了一个梦。这个梦太古怪了！我看到夜晚的天空满是野兽和奇怪的生物，历史上所有曾经想象出来的都在这里。当我抬头凝视着他们的时候，他们也低头俯视着我。

我梦见马

我梦见一匹匹马从天空坠落
我梦见一条条巨蛇从天空坠落
我梦见熊、羊、蟹
还有蜥蜴从天空坠落
我梦见半人马、帕加索斯
代达罗斯、伊卡洛斯
从天空坠落
我梦见始祖鸟
从天空坠落
我梦见猫头鹰和狮子
蝙蝠、公牛和鱼
白羊和天使
从天空坠落

所有的马和巨蛇
熊、羊、蟹和蜥蜴
半人马和狮子
帕加索斯和代达罗斯
伊卡洛斯和始祖鸟
猫头鹰、蝙蝠、公牛、鱼
白羊和天使
落进我的房间
聚在我的床头
在我耳边呢喃
醒醒，米娜。醒醒吧。该起床了。

于是，我醒了过来。已是黎明时分。而我仿佛还沉浸在梦里，甚至还可以听见它们的鼻息声、脚步声和翅膀的沙沙声。我几乎还可以感受到床边野兽的温度。然后，这种刚从梦中醒来的朦胧感觉消失了，就只剩下我、空荡荡的房间还有寂静。但也不是真正的寂静，因为可以听到城市嗡嗡的喧嚣声、我怦怦的心跳声，还有妈妈在隔壁房间温柔的呼吸声。

我下了楼，拿出巧克力牛奶和吐司，真好吃。我来到正门前，站在那里。街道空空荡荡，只有一辆辆车子成排停在路缘旁；天空空空荡荡，飘着几朵云，还有几只鸟儿飞过。梦境依然在我脑海里浮现，一会儿天空又满是正在坠落的野兽。我小口喝着巧克力，听着鸟儿发出宣告破晓的叫声，听着那仿佛来自上帝一样的声音。

我来到我的那棵树边，站在下面，靠在树干上。乌鸫呱呱叫着，因为它们刚开始不知道只是我来了，然后很快就平静了下来。我闭上眼睛，更聚精会神地听着。终于听到那个我想要听见的声音——那么微弱，那么遥远，仿佛

来自另外一个世界。那声音来自乌鸫的窝里，是刚出生的小小鸟儿在吱吱叫着。我笑了。接着又听见另一个声音，也是那么微弱，那么遥远，那么急切。

是婴儿在哭。

突然，面带愁容的医生驾着他那悲惨兮兮的车子驶进了街道。他在那座房子的门前停了下来，就像曾经那里是迈尔斯先生家的房子时一样。他用那双忧愁的眼睛扫视着街道，接着，房门打开，他走了进去。随后，街头出现一个护士，正急匆匆走来，步子非常快，也进了那座房子。

我仔细听着。没有声音，只有我的心跳声、小鸟的吱吱声和城市的喧嚣声。

妈妈出现在我身后。

"迈尔斯先生的医生来了。"我告诉她。

"迈尔斯先生的医生？"

"是的，那个婴儿生病了。"

"你也不知道是不是婴儿生病了吧。"

"还来了一个护士。"

"护士？这是惯例吧，应该是。"

"我听到小鸟的叫声了，"我告诉她，"又听到婴儿的哭声。"

我们依然站在那儿，另一辆车停了下来，又一个护士进去了。我咬着嘴唇，微微有些发抖。太古怪了。我感觉仿佛是我自己才刚刚来到这个世界，正等待着出发进行一场巨大的冒险。但是那医生的脸，那护士的脸，还有妈妈紧蹙的眉头。

"或许没事呢，"她说，"小婴儿，才几天大。"

乌鸫发出粗而响亮的叫声。我看见黑猫悄悄在花园树篱下的阴影里徘徊着。我发出嘶嘶的声音，挥手赶他走。它掉头溜走了，进到了更幽暗的地方。但仍然可以看见它亮闪闪的眼睛。

妈妈把我拉回了屋。我们吃着吐司，喝着茶。我又来到前窗。已经过去了一个小时，或者更久。这时，第一个护士走了出来，然后离开了。我告诉妈妈。妈妈也过来和我一起望着。接着，另一个护士也出来了，她看了看表，

揉了揉眼睛，进到车里，驾车离开了。

但是医生没有出来。没有其他人出来。

"如果刚刚在外面，就能听见那个婴儿的声音了，"我说，"就可以听见她有没有什么事。"

"没事的。有时候，安安全全来到这个世界是很难的，大概就是这样。"

我看到悄悄又从阴影里溜出来了，正侧耳听着鸟窝里的动静。我敲着窗户，然后露出牙齿。它看着我，决定忽略我的存在，又朝前面溜了几步。

最后，医生也出来了。他和婴儿的爸爸站在门口，握了握手。他又充满悲伤地望了望这个街道，然后驾车离开了。

"谢天谢地，"妈妈松了一口气，"肯定没事的。"

"没事的。"我重复着。

我又嘶嘶地赶着悄悄。

"别！"我告诉他，"别！"

她看了看表。

"我晚会儿也过去看看，看能不能帮上什么忙。"

我坐在床边，让一枝铅笔在一页纸上漫步。

又过去了几个小时。妈妈沿街朝那座房子走过去，可我看见她很快又返回来了。

"怎么了？"我问。

她耸了耸肩。

"他们听起来很……激动。这也不奇怪。我晚会儿再去吧。"

男孩来到了街上。紧握拳头，眼神锋利。他带着足球，朝墙上踢了过去。然后又进屋了。

"他需要一个朋友，你明白的。"她说。

"是吗？"

"你难道不也是吗？"

她离开了我。

我又让铅笔在纸上漫步了。我告诉自己，那页纸就是街道，而铅笔就是我，正朝着迈尔斯先生的门前走去。

我觉得自己又笨又紧张，更没什么经验。以前从来没

想着出去交个朋友。

我做了几次深呼吸。

我开始写。

米娜·麦基沿街走着,她敲了敲门,男孩出来打开门,米娜说:"你好啊!我是米娜,你叫什么名字呀?"

我敢吗?我想象着他在屋子里,闷闷不乐、充满敌意的样子。我想象着他来到门前,瞪着我,告诉我走开。一个胳膊下夹着足球的男孩怎么会想要和我这样的人做朋友呢?

但是写下这些,却让我更加勇敢了。

米娜起身,出了大门,沿街走过去。米娜起身,出了大门,沿街走过去。

或许他并没有那么闷闷不乐呢,或许他很高兴呢,或许他会想要和像我这样的人一起做点什么事情呢。

我起身了，放下笔记本和铅笔，走出了门。我沿街走过去，心脏怦怦跳动。空气沉闷无比。我听到了喊叫声，妈妈肯定也听到了。那声音来自屋子后面，是一个女人的声音，听上去生气又害怕。我没有转身。我迅速走到街旁的那排房子后面，转进了后面的小巷。我来到了迈尔斯先生房子的后面。那里有一个废弃的古老车库，通往小巷的门一定是在几年前就已经掉了下来，入口处钉着很多大木板。紧挨着车库有一面六英寸高的墙，靠墙放着一个垃圾桶。我很容易就可以爬上垃圾桶再爬到墙上，朝下面望着花园，说道："你好，我是米娜。"

女人又大喊了起来。

"离远点！行不行！"

我听到男孩在咕哝着什么，这似乎让她更加生气了。

"你觉得我们要发愁的还不够多吗，还要来愁你这个笨蛋？"她喊道，"远点！行不行！行不行！"

她的声音听起来那么让人害怕，那么不知所措。

"离远点！"她又喊起来，然后一片安静。

我独自一人站在小巷里。我告诉自己我应该回家，但是站在那里就像是一场冒险，虽然离家那么近，虽然一切都是那么静止无声。我的心跳得飞快。

很快，我就听到男孩踢起了球。我靠在车库的墙上，感觉到球击在墙上时的震动。砰！啪！砰！我听到男孩用力和挫败时的咕哝声。他是谁？他会是什么样的人，如果我足够勇敢——勇敢地去和他说话？

过了一会儿，又传来他妈妈的声音。他会进屋吃午饭吗？不要，他告诉他妈妈。不要！然后我听见他们的声音离得很近。她现在平静多了。我想象着她站在他身边，轻抚着他，揉揉他的头发，劝着他，向他解释着自己生气的原因。她害怕的就是这个车库。一定是的。离远点，她一定是告诉他离车库远点。然后我听到门铃响了，她的脚步声匆匆忙忙走远。就现在！我告诉自己。就现在！

不过我还是没有行动。去啊！我告诉自己。但是我没有。我听到门嘎吱一声开了，接着又是一片安静。也没有足球的砰砰声了。然后传来他爸爸的声音，也是大喊着。

"迈克尔！迈克尔！我们是不是告诉过你……"

迈克尔。那就是他的名字。可是太晚了。

他现在和他爸爸一起呢，他爸爸朝着一面墙重击一下，垃圾桶微微震了几下。我听见它们朝着屋子走了。

傻瓜米娜！失去了这个机会！胆小鬼！

我等待着。不过他们已经走了。我只好回家。我又继续写了起来。

　　胆小鬼！我很害怕！不要害怕！

我试着不让自己感觉那么傻，那么无助。我给自己写了一个特别活动，这是所有特别活动里面最重要的一个。我把它钉在了床头。

特别活动

勇敢一点！

我读了一遍又一遍。我告诉自己要像一只小鸟第一次试飞一样勇敢，要像文身的斯特皮一样勇敢，像做了手术的苏菲一样勇敢，像失去了爸爸而独自生活的妈妈一样勇敢，像突然来到这个世界的小婴儿一样勇敢。我写下一些话，鼓励我自己。

米娜很勇敢，她又尝试了一次。她沿街走着，来到房子后面的小巷。她爬上垃圾桶，然后爬到墙上，说："你好啊。我是米娜。你叫什么名字啊？"

第二天，我真的这样做了，就像我写的这样。

早晨，我看到他去上学了。下午他回来的时候我正在树上坐着，我没有多等就漫步来到了房子后面的小巷。我听到男孩正在和他爸爸讲话，然后他的爸爸就走开了。我等着。一切都那么安静，只能听见一扇门嘎吱嘎吱的声音，他一定又进屋去了。

就等他出来了！我告诉自己。

我默默等着。

房门嘎吱嘎吱。

就现在！行动吧！

我跳到了垃圾桶上，越过墙的顶部往下看。

"你是新来的男孩吗？"我说。

他转过身，抬起头，最后我用最响亮的声音告诉他：

"我是米娜！"